ベロニカは死ぬことにした

パウロ・コエーリョ
江口研一＝訳

角川文庫　12917

Translated by Kenichi Eguchi
Published in Japan by
Kadokawa Shoten Publishing Co., Ltd.

わたしはあなた方に、蛇……を踏みつけ、……打ち勝つ権威を授けたのです。だから、あなた方に害を加えるものは何ひとつありません。

ルカの福音書　10章19節

S.T.de Lへ、気づかぬ内にもわたしを助けてくれて。

一九九七年十一月、自殺する時が〝ようやく！〟来た、とベロニカは確信した。修道院に間借りしていた自室を入念に掃除してから暖房を切ると、歯を磨いて、横になった。

彼女はベッドサイド・テーブルから睡眠薬を四包み取り出した。潰《つぶ》そうとも、水に混ぜようともせず、意図と行動には必ず隔たりがあるものだから、もし途中で引き返したいと思ったらそうできるように、一粒ずつ飲み込むことにした。でも一粒毎に、より決心は固まっていき、五分後には、包みは全て空になっていた。

意識が失くなるまで、実際、どれくらいかかるか分からなかったので、彼女は働いていた図書館に入ってきたばかりのフランスの雑誌『オム』の最新号をベッドの上に置いていた。特にコンピューター・サイエンスに興味があるわけでもなかったけれど、雑誌を捲《めく》っていくうちに、いつかグランド・ユニオン・ホテルのカフェで催された講義でたまたま出会ったブラジル人作家、パウロ・コエーリョが制作したコンピューター・ゲーム（あのCD-ROMのものだ）の記事に目を惹《ひ》かれた。少し言葉を交わした後、彼の出版社の人に、一緒に会食へ来ないかと誘われた。でも、そこにはたくさん人がいて、特に何かについて彼と深く話す機会はなかった。

それでもただ会ったというだけで、なんだか彼が自分の世界の一部のように思えて、その記事を読めば、時をやり過ごせそうな気がした。こうして死を待つ間、ベロニカは全く興味などなかったコンピューター・サイエンスについて読み始めたが、それこそ彼女がこれまでにずっとしてきたことだった。いつでも一番手近にあるものに安易に手をのばしてきたのだ。その雑誌のように。

でも驚いたことに、その文章の最初の一行が、持ち前の消極的な性格から彼女を揺り起こした（胃の中の睡眠薬はまだ溶けていなかったが、ベロニカは、生まれながらに消極的だった）。彼女は生まれて初めて、友人たちの間で流行《はや》っていた諺《ことわざ》の信憑性《しんぴょうせい》について考えてみた。「この世界で起きることに、偶然はない」

どうして、自分が死にそうな時に限って、こんな書き出しが？　目の前の隠れたメッセージは何なのだろう？　これが単なる偶然でなく、隠れたメッセージというものが存在するとして……。

コンピューター・ゲームのイラストの下で、ジャーナリストは次のような質問で記事を書き出していた。「スロベニアはどこにあるのか？」

「はっきり言って」と彼女は思った。「スロベニアがどこにあるかなんて誰も知らないのよ」

だがそれでもスロベニアは存在した。この部屋の外にも、中にも、周囲の山々にも、彼女が見下ろす広場にも。スロベニアは彼女の母国だった。

彼女は雑誌を横に置いた。今さらスロベニア人のことなんて何にも知らない世界に怒ったところで仕方がなかった。祖国の名誉なんてもうどうでもよかった。今は自分を誇らしく思うべき時だ。いざ踏み出すことを決めて、ようやく実行する勇気を見つけ、この人生を終わりにできるのだから。なんて喜ばしいことだろう！　しかも、ずっと思い描いてきたように実行することができた。何も汚さず、睡眠薬を飲むだけで。

ベロニカは、半年近くかけて、睡眠薬を手に入れてきた。もし手に入らなかった時のために、手首を切ることとさえ考えた。部屋中に血が溢《あふ》れ出そうが、そんなことはどうでもよかった。修道女たちは混乱し、困惑したまま残されるだろう。自殺は、人よりも、まず自分のことを大事に考えているということだから、できる限り自分の死がいやなものにならない方法を選択するつもりだったが、手首を切るのが唯一の方法なら、そうするしかなかった。それに修道女たちも、部屋さえ掃除してしまえばすぐに全てを忘れられるだろう。でなければ、また部屋を貸し出すのが難しくなってしまうから。人は、もう二〇世紀の終わりに生きているというのに、まだ幽霊がいると信じている。

当然、リュブリャーナにあるいくつかの高いビルから身投げすることもできたが、そんな高さから落ちた時の、両親の苦しみはどうなるだろう？　娘が死んだことを知らされるショックに加えて、ぐちゃぐちゃになった死体まで確認しなければならない。そう、それは出血多量で死ぬよりもひどい死に方だった。彼女の幸福を願う二人に、一生拭《ぬぐ》い去れない傷跡を残すことになるから。

「親だって、そのうち娘の死を受け入れるようになるかもしれない。でも砕け散った頭蓋《ずがい》骨《こつ》を忘れるなんて不可能だわ」

拳銃自殺、高いビルからの飛び降り、首吊《つ》りなど、そのどれもが、女性らしさに見合うものではなかった。女性なら、自殺しようという時には、もっとロマンチックな方法を選ぶものだ。例えば、手首を切ったり、睡眠薬をたくさん飲んだり。恋人に捨てられたお姫様やハリウッド女優が多くの前例をつくってきた。

ベロニカは、人生において、行動を起こす瞬間《とき》こそが全てだと知っていた。そしてそれが証明される時がきた。夜眠れないという彼女の不満に対して、友人二人が、街のクラブでミュージシャンが使っているという強いクスリを、二包みずつ持ち帰ってくれた。ベロニカは一週間、ベッドサイド・テーブルにその四包みを置いて、近づきつつある死を招き入れ、センチメンタルな意味でも何でもなく、みんなが生命と呼ぶものにさよならを告げた。

そして今がまさにその瞬間で、最後までたどりつけたことが嬉《うれ》しかったものの、わずかに残された時間をどうしたらいいのか分からないまま、なんだか退屈し始めていた。

先ほど見たばかりのマヌケな質問について、もう一度考えてみた。コンピューター・ゲームについて書かれた記事が、どうしてあんなマヌケな言葉で始まってしまうのだろう。「スロベニアはどこにあるのか？」なんて。

他に興味をひくものもなく、その記事を全部読んでみることにすると、そのコンピューター・ゲームが、スロベニア（そこに住んでいる人たち以外は、誰もそれがどこにあるのか、よく知らない不思議な国）で作られたものだと分かった。安い労働力が理由だった。数ヶ月前に、その製品が発売された時、フランスのメーカーが、世界中のジャーナリストをブレッドのお城に招いてパーティを催した。

ベロニカは、街《まち》でもなかなか大規模なイベントだったことから、どこかでそのパーティについて読んだことを思い出した。その城が、CD-ROM内の中世の雰囲気にできるだけ合うように改装されたからというだけでなく、ドイツ、フランス、イギリス、イタリア、スペインなどのジャーナリストが招待されていたのに、スロベニア人は一人もいなかったと、地元メディアが問題にしたからだ。

当然、全ての経費を負担してもらい、表面的に興味深いコメントだけしておいて、他のジャーナリストと歓談したり、お城で無料の食べ物と飲み物を満喫するつもりで初めてスロベニアを訪れていた『オム』の特派員は、自分の国の洗練された知識人たちにはたいそう受けたであろうジョークで、記事を書き出すことにしたのだろう。おそらく、同じ雑誌のジャーナリスト仲間に、土地の習慣について様々な嘘八百を並べ立て、スロベニア女性のファッションがどれだけダサかったかも話したんだろう。

でもそれは彼の問題だった。今、ベロニカは死にそうで、心配すべきことは他にあった。まだ、死後の世界は存在するのか、死体はいつ見つかるのだろうか、といったことが頭をよぎった。にもかかわらず、というか、おそらくは、彼女の採った大事な決断のために、その記事は大いに彼女の気に障った。

彼女は修道院の窓から、リュブリャーナの小さな広場を眺めてみた。「スロベニアがどこにあるかも分からないなら、リュブリャーナはまるで神話じゃないの」と彼女は思った。まるで、アトランティスかレムリアのような、男たちの想像力を満たす、失われた大陸のような。もし自分が訪れたことがなかったとしても、エベレストはどこにあるのか、なんて書き出しで記事を始める人なんて、世界中のどこを探してもいないだろう。でも、ヨーロッパ中央部の権威ある雑誌のジャーナリストは、恥ずかしげもなくそんな質問をしていた。読者の大半が首都のリュブリャーナどころか、スロベニアさえどこにあるのか知らないだろうと分かっていたからだ。

もう一〇分も経過しているのに、身体にはまだ何の変化も現われていなかった。ベロニカが時をやり過ごすいい方法を思いついたのはその時だった。彼女の人生最後の行動は、スロベニアが、旧ユーゴスラビア分断後の五つの共和国の一つだと説明する手紙を、その雑誌に書くことだと。

手紙は遺書代わりになるだろう。でも、自分の死の本当の理由は説明しないでおこう。

死体が見つかった時、彼女が自殺したのは、とある雑誌が彼女の国がどこにあるのかも知らなかったからだ、と結論づけられることになる。国の名誉のために自殺したことに、賛成する者も反対する者も出てくるだろう。新聞紙面の騒ぎを考えただけでも笑えてきた。そして、少し前までは、今とは正反対で、もう世界やその他の地理的問題には何の興味もなかったくせに、よくもそこまですぐに気が変わるものだと自分でも驚いた。

手紙を書いた。そのユーモアのおかげで、なぜ死ななければならないのか一瞬思い直しそうになったが、睡眠薬は飲んでしまったし、後戻りするにはもう遅すぎた。

とにかく、そういう時は以前にもあったし、そもそも、自分が悲しく、憂鬱《ゆううつ》で、いつも塞《ふさ》いでるような女だから自殺したいわけでもなかった。彼女は多くの午後を、リュブリャーナの街を楽しく散策したり、修道院の窓から、詩人の像が立つ小さな広場に降り積もる雪を眺めて過ごしたこともある。一度なんて、同じ広場の真ん中で、見ず知らずの人が花をくれてから、ほとんどひと月もの間ずっと宙に浮いているような気分の時もあった。

彼女は、自分が全くもって普通だと信じていた。彼女の死にたいという選択の裏には、簡単な理由が二つあり、もしそれを説明するメモを残したら、多くの人が彼女に賛成してくれただろう。

一つ目の理由は、彼女の人生そのものが代わり映えせず、一度若さを失ってしまえば、あとはずっと下り坂になることだ。老齢が消すことのできない痕跡を残し始め、病気がちとなり、友人たちに先立たれたりする。生き続けることで得るものなど何もなく、苦悩する可能性だけが増えていくだろう。

二つ目の理由は、より哲学的なものだった。ベロニカは新聞を読み、テレビも観ていたから、世の中で何が起きているのかは分かっていた。全てがおかしくなっていくのに、彼女にはなにもできることがなくて、自分の無力さを感じざるを得なかったからだ。

でも、もう少しで、彼女は今までとは大きく違う、人生最後の体験をすることになる。死という体験を。彼女は雑誌に宛てて手紙を書いたが、すぐに考え直して、より差し迫った問題に、彼女がその瞬間に生きている、というか、死につつあることの問題に、集中することにした。

彼女は、死ぬということがどういうものなのか想像してみようとしたが、何の答えも見つからなかった。

だいたい、数分後には知ることになるのだから、心配する必要なんて何にもなかった。あと何分だろう？

全く見当もつかなかった。でも、誰もが抱いていた疑問への答えを、もうすぐ知ることになるかもしれないことが嬉《うれ》しかった。神はいるのだろうか、という疑問に。

多くの人と違って、それは彼女の人生にとって大きな関心事ではなかった。かつての共産党政権の下、学校では、人生は死で終わるとされ、彼女もその考えに慣れていた。逆に、彼女の両親と祖父母の世代は、まだ教会へ通い、祈りを捧《ささ》げたり、巡礼に出かけたりしていて、神が彼らの声を聞いていると信じ切っていた。

二十四歳で体験し得ることは全て体験して（それも容易なことではなかったが）、ベロニカは、全てが死で終わると信じていた。だから彼女は自殺を選んだ。ついに自由の身になるために。永遠の忘却だ。

でも心の奥底には、まだ疑念が残っていた。神がもし本当に存在したら？　何千年という文明は、自殺をタブーとし、全ての宗教体系への侮辱とみなした。人は生きるために闘う。ひれ伏すためではなく。人類は子孫を残さなければならない。社会は労働者を必要としている。カップルには、愛が死んでからも、一緒にいる理由が必要で、国には、兵隊と政治家と芸術家が必要だ。

「わたしはいないと思うけど、もし神が存在するなら、人の理解には限度があることを知っているだろう。この貧困、不公平、強欲、孤独の混乱を創り出したのは神だ。神の意図が善きものであったことは疑いないけれど、結果は悲惨だった。もし神が存在するなら、神は地球を早く旅立つことにした生き物には寛容で、ここで時を過ごさせたことを謝りさえするかもしれない」

タブーや迷信なんて信じない。彼女の敬虔《けいけん》な母親はいつもそう言っていた。神は過去も現在も未来も知っている、と。ならば、神は、彼女が最終的に自殺すると完全に知りながらも、この世界に置いたのだろう。だから神が、彼女の行動に驚くことはないだろう。

ベロニカは、少し気持ち悪くなり始めたかと思うと、急激に苦しくなった。

もう少ししたら、彼女はもう窓の外の広場にも集中できなくなるだろう。冬だというのは分かっていた。早くから陽が暮れようとしていたから、たぶん午後四時くらいだったんだろう。他の人々が生き続けることも分かっていた。その時、窓の前を通りかかった一人の若者が彼女に気づいたが、彼女が死につつあることまでは分からなかったようだ。ボリビア人のミュージシャンのグループが(ボリビアってどこ? どうして雑誌ではそう聞かないの?)、国民の心にとても深い感動を与えた、偉大なるスロベニア詩人のフランス・プレシェレンの像の前で演奏していた。

広場から流れてくる音楽の最後を聴くまで生きているだろうか? この人生の美しい思

い出になるだろう、夕方の、地球の裏側の祖国への夢を想い描くメロディ、暖かくて心地よい部屋、通り過ぎるハンサムな若者。生に満ちあふれて、今は足を止めて、彼女を見上げることにした若者。彼女はもうクスリが効き始めているのが分かり、自分を最後に見るのはこの若者になるだろうということにも気づいた。

彼は笑みを浮かべた。そして彼女も笑い返した。べつに失うものは何もなかった。すると今度は彼が手を振った。彼女は、何か違うものを見ているふりをすることにした。若者も、そこまですることはないのに。彼は困惑しつつもまた歩き始め、窓から覗《のぞ》いていた顔のことは、永遠に忘れてしまった。

それでもベロニカは、最期に及んで、まだ誰かに望まれていることが嬉しかった。かと言ってべつに愛がないから自殺するわけではなかった。家族から愛されていないと感じたからでも、金銭的な問題のためでも、不治の病のせいというわけでもなく。

ベロニカは、その心地よいリュブリャーナの午後に死ぬことにした。広場でボリビアのミュージシャンが演奏し、窓の前を若者が通りすぎるのを、自分の目で見て、自分の耳で聴いていることが嬉しかった。でも全てが独創性を失い、来る日も来る日も同じような、繰り返しばかりの、悲しい人生に変貌《へんぼう》していくのなら、これから三〇年、四〇年、五〇年も同じものを見なくて済むことの方が、もっと嬉しかった。

彼女は胃がムカムカして、ものすごく気分が悪くなり始めた。「変ね、睡眠薬をたくさん飲めば、すぐに眠れると思ったのに」でも、彼女が感じていたのは、奇妙な耳鳴りと、吐き気だけだった。

「吐いてしまったら、もう死ねなくなるのね」

彼女は、胃のシクシクする痛みのことはなるべく考えずに、急激に暗くなりつつある夜と、ボリビア人と、店を閉めて家路へと就き始める人たちに、意識を集中しようとした。耳の中の音は、ますます甲高くなり、クスリを飲んでから初めて、ベロニカは不安を感じた。未知のものへのすごい不安を。

でも、それも長くは続かなかった。そしてすぐに、彼女は意識を失った。

目を開けた瞬間、ベロニカは「ここが天国なんだ」とは思わなかった。天国なら、部屋の灯《あか》りに蛍光灯など絶対に使わないだろうし、それに一秒にも満たずに始まった痛みが、地上に典型的なものだった。ああ、この地球的な痛みは……、独特で、間違うはずもなかった。

彼女は動こうとしたが、余計に痛くなった。鮮やかな斑点《はんてん》がいくつか見えたが、ベロニカは、その斑点が楽園の星でなく、彼女の感じていた激しい痛みによるものだと気づいた。

「意識が戻ったわね」という女性の声が聞こえた。「地獄に落ちてきたんだから、ちゃんと生きなさいよ」

そんなはずはなかった。その声は彼女を欺こうとしていた。そこは地獄ではなかった。すごく寒くて、鼻と口からビニールの管が出ているのが分かった。管の一本は（喉《のど》に突っ込まれてる方だ）彼女を窒息させようとしているみたいだった。

外そうと身体を動かしてみたが、腕は縛りつけられていた。

「ウソよ、ほんとは地獄でもなんでもないのよ」とその声は続けた。「もっとひどいところよ。わたしは地獄なんて見たことないけどね。ここはヴィレットよ」

痛みと息苦しさを感じながら、ベロニカはすぐに何が起きたのか気づいた。自殺しようとした彼女を、誰かがギリギリで助けたのだ。修道女の一人だったのかもしれないし、約束もなしにふらりと立ち寄った友人かもしれないし、彼女がオーダーしたまま忘れていたものを配達しにきた誰かかもしれなかった。現実に、彼女は生き残り、ヴィレットに収容されたのだ。


この国が独立した一九九一年から存続し、有名で、とても畏《おそ》れられている精神病院がヴィレットだ。その当時、旧ユーゴスラビアの分割が平和的な手段で達成できると信じた(なにしろ、スロベニアは十一日間しか戦争を体験していなかったのだから)、ヨーロッパのビジネスマンの一団が、その維持費の高さから廃墟《はいきょ》と化していたかつてのバラックに、精神病患者のための病院を建設する許可を取り付けた。

でも、それからすぐに戦争が始まった。最初はクロアチア、次にボスニアで。ビジネスマンたちは大いに心配した。投資された資金は、その名前さえ知らない、世界中の資本家から集められていたから、彼らの前に出て、もう少し待ってください、なんて言い訳ができるはずもなかった。彼らは、一般的な精神病院では受け入れられるはずもない方針を採用することで問題を解決した。穏健な共産主義から生まれた若い国にとって、ヴィレットは、資本主義の悪しき面を象徴する施設となった。入院するにはお金を払うだけでよかった。

相続争いのために（あるいはその人の恥ずかしい振る舞いのために）家族の誰かをどこかへ追いやろうとしたり、問題を起こした子供か親を閉じ込めておくために必要な診断書を手に入れるためなら、大金を払う気のある人は後を絶たなかった。他にも、借金から逃げていたり、長期の刑に服すことになりかねないような、ある行ないを正当化しようとしている人たちも、精神病院に少し入院すれば、何の罰金も払わず、法的プロセスを経ることもなく、ただ退院していくことができた。

ヴィレットからは、誰一人、脱走した人はなかった。そこは裁判所や他の病院から送り込まれてきた本物の精神病患者が、精神病の判定を受けた者や、ただ精神病のふりをしている者たちと、仲良く一緒に生活しているような場所だ。結果は完全な混乱で、マスコミは一度もヴィレットを視察して、実際に中で何が起きているのか見ることは許されなかったが、いつも誤った治療や虐待の噂を記事にしていた。政府もそんな苦情を調査してみたが、何の証拠も見つからなかった。逆に株主たちは、スロベニアでの海外投資は厳しいという噂を流布すると脅したものだから、病院は閉鎖を免れ、そのまま権力から権力へと渡り歩いていった。

「わたしの叔母《おば》さんも数ヶ月前に自殺したばかりなの」と女性の声は続けた。「もう八年近くも、彼女は部屋を出るのを怖がって、ほとんどの時間はただ食べて、太って、タバコを吸って、鎮静剤を服用して、寝ていたわ。でも彼女には、彼女を愛していた娘二人と夫がいたの」

ベロニカはその声の方を向こうとしたが、うまくいかなかった。

「彼女が反撃したのを見たのは、たった一度だけ、夫が愛人を囲った時だったわ。その時は彼女も癇癪《かんしゃく》を起こして、数ポンド痩《や》せて、グラスを何個か割って、それを何週間も続けてね、その喚《わめ》き声は近所一帯を眠らせなかったの。おかしいかもしれないけど、たぶん、それが彼女の人生で、一番幸せな瞬間だったと思うの。彼女は何かのために戦って、生きている実感がして、試練に立ち向かうことができると思ったのよ」

「それがわたしとなんの関係があるって言うの？」と何も言えないまま、ベロニカは思った。「わたしはあなたの叔母でもなければ、わたしには夫だっていないんだから……」

「最終的に、彼女の夫は愛人と別れたの」と女性は言った。

「そして少しずつ、叔母はまた前の消極的な状態へ戻っていったの。でもある日、自分の人生を変えたいってわたしに電話してきたわ。タバコも止めたって。だけどその同じ週に、タバコを止めた代わりに鎮静剤を増やすと、みんなに自殺したいって言ってきたの。

誰も彼女の言うことを信じなかったわ。するとある朝、彼女はわたしの留守番電話に、さよならって言い残したかと思うと、ガス自殺してしまったの。わたしはそのメッセージを何度も聞いたわ。あんなに落ち着いて、あそこまで運命に身を委《まか》せている彼女の声を初めて聞いたのよ。彼女は幸せでも不幸せでもなく、だからこそ生き続けられない、と言ったの」

ベロニカは、その話をしてくれた女性をかわいそうに思った。そうすることによって、叔母さんの死を理解しようとしているだけだったからだ。誰もがどんなことをしてでも生き残ろうとするこの世の中で、どうして死を選んだ人たちを判断できるのだろうか？

判断なんて誰にも下せない。それぞれが、自分の苦しみを知り、人生には意味なんて全くないことを知っていた。ベロニカはそれを説明したかったが、口に入れられた管のために息ができなくなってしまい、女性が急いで助けてくれた。

ベロニカは、女性が自分の縛りつけられた身体の上に屈《かが》みこむのを見た。たくさんの管が繋《つな》がれた身体は、それを破壊したいという彼女のあからさまな意志から守られていた。彼女は頭を左右に揺らしながら、さっさと管を外して静かに死なせてくれるように、目で訴えた。

「混乱してるのね」と女性は言った。「自分のしたことを後悔してるのか、まだ死にたいと思ってるのかは分からないけど、それはわたしにとってはどうでもいいことなの。わたしは自分の仕事をするまでよ。もし患者が興奮したら、規則では、鎮静剤を打たなければならないの」

ベロニカは悪あがきを止めたが、看護師はすでに彼女の腕に何かを注射していた。するとすぐに彼女は奇妙な夢のない世界へと戻っていた。今見たばかりの女の顔しか思い出せない。グリーンの瞳《ひとみ》に茶色い髪、そしてとても無関心な、どうしてルールがこうなのか、ああなのか、といったことには何の疑問も抱かずに、やらなければいけないからただやっているだけ、という感じの女性の顔しか。

その三ヶ月後、パウロ・コエーリョはパリのアルジェリア・レストランで、スロベニア人の友人と夕食を摂《と》っている時に、そのベロニカの話を聞いた。その友人の名もベロニカといい、偶然にもヴィレットの院長の娘だった。

後に、そのテーマで本を書くことにした時、彼は読者が混乱しないように、その友人の名前を変えようかとも考えた。ブラスカ、エドウィナ、マリエチァと呼ぼうとも思ったが、本名のままでいくことにした。友人であるベロニカと言いたい時は、ただ友人のベロニカと呼ぶことにした。そしてもう一人のベロニカを指す時は、彼女が本の中心人物なわけだし、読者が、「狂気のベロニカ」とか「自殺しようとした方のベロニカ」と書いてあるのをいちいち読まなければならなかったりしたら苛々《いらいら》してしまうだろうから、特に何も付け加える必要はないと思った。それに、彼と友人のベロニカは、本の少しの部分にしか登場しない。ここだけだ。

友人のベロニカは、自分の父親のしたことに驚愕《きょうがく》していた。特に、彼はきちんとした評判が必要な施設の院長であり、そして、伝統ある学会に審査されるような論文を書いている最中だったのだから。

「〝精神病院〟って言葉がどこからきてるか知ってる？」と彼女は聞いた。「中世の頃まで遡《さかのぼ》ると、教会やその他の聖域に逃げ込む人たちの権利のことを言うのよ。避難所の権利は、どんな文明人でも理解できるものよ。それなのに、精神病院の院長であるわたしの父が、どうして人をそんな風に扱えるの？」

パウロ・コエーリョには、ベロニカの話を知りたいという正当な理由があったから、何が起きたのか、こと細かく全てを聞きたがった。

その理由とはこうだった。彼自身が避難所、というよりは、より広く知られている言い方をすれば、精神病院に、入ったことがあるからだ。一度ばかりか、一九六五、一九六六、一九六七年の三度も病院に入っていた。彼が収容されていたのは、リオ・デ・ジャネイロのエイラス博士のサナトリウムだった。

どうして彼が病院へ収容されていたのか、今考えても奇妙なものだ。もしかしたら両親は、半分シャイで半分外向的な彼の変わった態度に混乱したのかもしれない。〝アーティスト〟になりたいという欲求のせいで、彼が最後には社会の落伍者となったり、貧困にあえいで死んでいくと思ったのかもしれない。

彼は、考えてみれば（めったにしないことだったが）、大した理由もないまま彼の入院を認めた医者こそが、本当は精神異常なのだと思った（どんな家族の間柄でも、大きな決断をしたにも拘《かかわ》らず、他人に責任を転嫁し、親はなんでそんなことをしたのか分からないと言い張る傾向があるものだ)。

パウロは、ベロニカがフランスの雑誌はスロベニアがどこにあるのかも分からないのか、と文句を言って、奇妙な手紙を残したことを知った時は、思わず笑ってしまった。
「誰もそんなことで自殺したりなんかしないよ」
「だから手紙はなんの効果もなかったのよ」と彼の友人のベロニカは恥ずかしく思っていたようだ。「きのう、ホテルにチェックインした時、フロントの人は、スロベニアがドイツの町だと思ってたわ」

彼もその気持ちが分かった。アルゼンチンの都市、ブエノス・アイレスがブラジルの首都だと思っている外国人も多かったから。

でも、外国人に自分の国の首都(それは隣国アルゼンチンのものだが)の美しさを軽々しく誉められることはさておき、パウロ・コエーリョが、先ほど聞いたベロニカの話の何に共感していたかを、もう一度繰り返してもいいだろう。彼もまた、精神病院に入っていたことがあり、そして、最初の奥さんが言ったように「絶対、退院させるべきじゃなかった」のだ。

でも彼は退院できた。そして最後にサナトリウムから出て、二度と戻らないと誓った時、彼は二つのことを約束した。(a)いつかそのことを書くこと。そして(b)公にこのテーマを扱うのは、両親が死ぬまで待つこと。両親はもう何年にもわたって、自分たちのしたことを責め続けていたため、パウロは彼らを傷つけたくなかったのだ。

彼の母親は、一九九三年に亡くなった。しかし一九九七年で八十四歳になった父親は、肺に気腫《きしゅ》を患い（タバコも吸わないのに）、彼の極端な性格についていけるハウス・キーパーなどいないので、完全に冷凍食品だけの食生活を余儀なくされているにも拘らず、まだ生きていて、精神面でも健康面でも健在だった。

だから、ベロニカの話を聞いた時、パウロ・コエーリョは約束を破らずにそのテーマについて語る方法を見つけた。一度も自殺を考えたことはなかったが、彼は精神病院の世界を知り尽くしていた。治療、医者と患者の関係、そういった場所に住むことによる安心感と不安についてのことを。

それでは、パウロ・コエーリョとその友人ベロニカには、そろそろこの本から退場してもらい、物語を進めていくとしよう。

ベロニカはどれだけ眠ったのか分からなかった。一度、目を覚ましたのは覚えている。生命を維持するためのチューブを口と鼻に入れられたまま、次のような声を聞いた。

「マスターベーションしてほしくない？」

でも今、目を見開いたまま部屋を見回してみると、それが本当に起きたことだったのか、幻覚だったのかも分からなかった。そのたった一つの記憶以外、彼女は全く何も思い出せなかった。全く何もだ。

チューブは取り除かれていたが、まだ身体中に針がたくさん刺さったままで、心臓や頭の周りにはワイアが繋《つな》がれ、両腕は縛り付けられていた。彼女は裸で、シーツに覆われているだけだったので寒かったが、文句は言わないつもりでいた。グリーンのカーテンに囲まれた空間は、彼女が横たわっているベッドと、集中治療の機械と、看護師が座って本を読んでいた白い椅子でいっぱいだった。

今度の女性は、黒い瞳に茶色い髪をしていた。それでもベロニカは、この女性が、何時間か、何日間だったか前に話をしたのと同じ人かどうかも分からなかった。

「腕を解《ほど》いてもらえないかしら？」

看護師は顔を上げて、無愛想に「いいえ」とだけ言って、再び本へと戻った。

生きてるのね、とベロニカは思った。また全てが一から始まってしまうのね。完全にノーマルだって彼らが納得するまで、しばらくここにいなければならないのね。そうしたら退院させられて、またリュブリャーナの通りを、その大きな広場を、橋を、仕事へ行っては帰る人たちを見ることになるのね。

人はいつも他の人たちを助けたがるものだから（自分が実際よりもいい人間だと感じられるように）、わたしはまた図書館での仕事に戻れるのだろう。そのうち、わたしも馴染《なじ》みのバーやナイトクラブに通うようになり、世界の不公平や問題について話し、映画館に行き、湖の周りを散歩するようになるのだろう。

わたしは睡眠薬しか飲んでないから、べつに障害が出るわけではない。わたしはまだ若くて、きれいで、知的だし、なんの問題もなくボーイフレンドをつくれるだろう。これまでと変わらず。そして男たちの家か森の中で愛を交わし、ある程度の悦《よろこ》びを感じるだろうけど、オルガズムを迎えた瞬間、再び空虚さが訪れるのだろう。二人には特に話すこともないけれど、それは彼もわたしも分かっている。そして言い訳する時間がやってくる。「もう遅いし」とか、「明日早く起きなくちゃならないから」とか。そして二人は互いの目を見つめ合うことを避けながら、できるだけ速やかに別れるのだろう。

わたしは修道院に借りていた部屋へ戻る。本を読もうとし、お馴染みの番組を観るためにテレビを点《つ》け、前の日と全く同じ時間に目覚まし時計で目を覚まし、機械的に図書館での仕事を繰り返す。劇場の向かい側にある公園で、いつもと同じベンチに座ってサンドウィッチを食べる。人々が、すごく重要な事柄を考えているようなふりをしながら、同じ空っぽの表情で、いつも同じベンチに座ってランチを食べているのに紛れて。

それからわたしは仕事に戻って、誰が誰とつきあってるか、誰が何で苦しんでるか、誰々が旦那《だんな》のことで泣いていた、とかいう噂話を聞いて、わたしは恵まれているんだという気分になってしまう。わたしはきれいで、仕事もあり、ボーイフレンドを選ぶこともできる。そして一日の終わりにまたバーへ行って、全てが最初から始まる。

わたしの自殺未遂の件で死ぬほど心配していた母親は、そのショックから立ち直り、自分の人生をどうするつもりなのか、どうしてみんなと違うのか、思っているほど全てはそんなに複雑じゃない、などと言いながら、わたしを説得にかかるだろう。「たとえば、このわたしを見てごらんなさい。あなたのお父さんと結婚してもう何年にもなろうとしていて、あなたに最高の環境を与えて、最高の模範になろうと努めてるのよ」

ある日、わたしは何度も同じことばかり繰り返す母にうんざりしてしまう。母を満足させるために、どうでもいい男と結婚し、なんとか愛そうと努力するだろう。わたしと彼は、最終的に同じ未来を夢見る方法を見つけられるかもしれない。田舎の家、子供、そして子供たちの未来といった。新婚一年目には何度も愛を交わし、二年目には少し回数が減り、三年目以降は、二週間に一回だけセックスのことを思い出すものの、それを行動に移すのはひと月に一回になるだろう。それどころか、二人は口もきかなくなるかもしれない。わたしはその状況を仕方なく受け入れ、自分のどこがいけないのかと悩む。彼はわたしに全く興味を持たずに無視し、それが自分の本当の世界みたいに、彼の友人たちの話しかしなくなってしまう。

ところがちょうど結婚が壊れそうになると、わたしは妊娠する。二人に子供が産まれ、しばらくは互いの距離も縮まるものの、いつしかまた元の状況へ戻ってしまう。

わたしは、あの看護師が昨日か、それとももう何日も前だったかに話していた叔母《おば》さんみたいに太っていくだろう。それでわたしはダイエットを始めるけれど、毎日、毎週、どんなに抑制しても体重がじわじわと増えてくるので、挫《くじ》けてしまうだろう。その頃には、鬱《うつ》状態から抜け出させてくれる魔法の薬を飲み始め、それからまた、性急に愛を交わした夜に身ごもった子供をもう何人か産むだろう。そしてみんなには子供たちが生き甲斐《がい》だと話すけど、本当は、わたしの生命が、彼らの生きていく糧になっている。

人はいつでもわたしたちを幸せなカップルだと思うだろうが、どれだけの孤独と、憂鬱と、あきらめがその表層的な幸せの下にあるのかを知ることはないだろう。

そんなある日、旦那が初めて愛人を囲う。わたしはたぶん、看護師の叔母さんみたいに思いきり騒ぎ立てるか、再び自殺について考え始めるだろう。でもその頃には、わたしももう、年をとりすぎているし、臆病《おくびょう》になっていて、わたしの助けを必要としている二、三人の子供のためにも、全てを捨てる前に、彼らを育てて、この世界での居場所を見つけてやらなければならない。わたしは自殺しないだろう。わたしは癇癪《かんしゃく》を起こして、子供たちを連れて家を出ていくと脅すだろう。世の男たちのように、わたしの旦那は負けを認めて、わたしを愛しているし、もう二度と浮気はしないから、と懇願するだろう。彼は夢にも思わないはずだ。もしわたしが本当に家を出ていくとすれば、わたしに残された選択肢は、また両親の家へ出戻ったまま、一生そこで過ごし、一日中、わたしが幸せになる唯一の機会を台なしにし、彼は浮気癖以外はすばらしい旦那様で、子供たちは離婚によって心の傷を受けるだろうと言い続ける母親の文句を聞くことくらいしかない、ということなど。

二、三年後、彼の人生にまたべつの女性が現われ、わたしはそのことを知るだろう。二人を目撃してしまうか、それとも、誰かがわたしに教えてくれるからなのか。でも今度は、気づかないふりをするだろう。また新しい愛人に対抗するには、エネルギーを使い果たしている。もう全く力が残ってなければ、自分が想い描いた通りではないが、現実をそのまま受け入れるしかない。母親は正しかったのだ、と。

彼はいわゆるいい夫であり続け、わたしはあいかわらず図書館で働き、劇場の反対側の公園でサンドウィッチを食べ、最後まで本を読み終えることなく、一〇年前、二〇年前、五〇年前から何も変わってない同じテレビ番組を観続けるだろう。

違うのは、わたしが罪の意識を感じながらサンドウィッチを食べることだ。どんどん太っていくために。そしてバーにももう行かなくなる。夫が子供の面倒を見させるために、わたしが帰ってくるのを待っているからだ。

それからわたしは、子供たちがただ大人になるのを待つか、実行する勇気のないまま、一日中自殺のことばかり考えて過ごす。でもある晴れた日に、人生とはそういうもので、心配する意味なんかなくて、何も変わらないんだという結論に達する。そしてわたしは全てを受け入れる。

ベロニカは、心の中の独り言を終えて、自分に約束した。ヴィレットを生きては出ない。まだ勇気があり、死ねるくらいに十分健康であるうちに、今ここで全てを終える方がいいと。

何度も眠りに落ちたり、目を覚ましたりしながら、彼女は自分の周りの機械の数が減り、身体が少しずつ温かくなり、看護師の顔も変わり続けていることに気づいた。それでも彼女のそばにはいつも誰かがいた。グリーンのカーテン越しに、誰かが泣いたり、うめき声をあげたり、落ち着いた、あの専門的な感じでひそひそ話しているのが聞こえた。時折、遠くで機械がブンブンうなり、廊下を急ぐ足音が聞こえてきた。それから声は落ち着きと、あの専門的な雰囲気を失い、緊張感が増し、性急な指令が出始めた。

彼女が正気な瞬間《とき》に、看護師が聞いた。

「自分の容態を知りたくないの?」

「もう分かってるもの」とベロニカは言った。「それにわたしの身体の中で起こってることとはなんの関係もないのよ。大事なのは心の中で起こってることなの」

看護師は会話を続けようとしたが、ベロニカは寝ているふりをした。

次に目を開けた時、彼女は移動させられていたことに気づいた。どこか大きな病棟みたいなところだった。まだ腕には点滴があったが、他のワイアや針の類《たぐい》は取り除かれていた。

よくある白衣を着た、人工的に染められた黒髪と髭《ひげ》とのコントラストがシャープな背の高い医者が、彼女のベッドの足下に立っていた。彼の横には、若い研修医がクリップボードを持ってメモを取っていた。

「わたしはもうどれくらいここにいるの？」と彼女は聞きながらも、しゃべるのが難しくて、すんなりと言葉が出てこないことに気がついた。

「五日間集中治療室にいた後、この病棟には、もう二週間いる」と年配の男が答えた。

「そしてまだここにいることをありがたく思った方がいい」

若い方の男は驚いたようだ。まるで、その最後の言葉が事実にそぐわないみたいに。ベロニカはすぐにその反応に気づいて、本能的に警戒した。もっと長いことここにいたのかしら？　まだわたしは何か危険な状況にあるのかしら？　彼女は一つ一つの身ぶりに気を配り始めた。二人の男の動き一つ一つに。本当のことなど教えてくれないことも、質問しても無駄だということも分かっていたが、もし彼女が賢ければ、何が起きているのか突き止めることができるだろう。

「名前と、住所と、結婚してるかどうか、それと生年月日を教えてください」と年配の男が言った。ベロニカは自分の名前も、結婚しているかどうかも、生年月日も分かっていたが、記憶に空白があることに気づいた。自分の住所を思い出すことができなかった。

医者は目に懐中電灯を照らして、しばらくの間、静かに診察していた。若い男も同じようにした。二人は視線を交わしたが、それにはなんの意味もなかった。

「夜勤の看護師に、我々にはあなたの心まで見えないと言いましたか？」と若い方の男が言った。

ベロニカは思い出せなかった。自分が誰なのか、そこで何をしているのか、なかなか思い出せずにいた。

「あなたは鎮静剤で、人工的な睡眠へと引き込まれたので、それが少し記憶に影響を与えているかもしれませんが、できるだけ我々の質問に全て答えるようにしてください」

そして医師たちは、リュブリャーナの主要な新聞の名前や、大きな広場の彫像となっている詩人の名前（ああ、それだけは忘れようがない。どのスロベニア人も、自分の魂にプレシェレンのイメージが刻まれているはずだ）、母親の髪の色、同僚の名前、図書館で人気のある本は何かといった、バカげた質問を始めた。

まず、ベロニカは何も答えないようにしようと考えた。彼女の記憶はまだ混乱していた。でも、質問が続くうちに、忘れていたことを再構築し始めていた。そのうちに、彼女は今、精神病院に入っていて、狂人というのは論理的であることを要求されないことを思い出した。しかし、自分の状況について何かつきとめたいという気持ちから、医者を横にとどめておくために、精神的に踏ん張ってみようとした。名前や事実を声に出しているうちに、彼女は記憶だけでなく、人格や、欲求や、人生についての考え方も取り戻していった。その朝、幾重もの鎮静剤の下に埋もれていた自殺という概念が、また表に浮上してきた。

「よろしい」と年配の男が、質問の最後に言った。

「あとどれだけここにいなければならないの？」

若い方の男が目を伏せた。その時彼女は、全てが宙に浮いているように感じた。まるでその質問の答えが出たら、彼女の人生の新しい章が開かれてしまい、誰も変えることなどできなくなってしまうかのように。

「教えてもいい」と年配の男は言った。「他の患者も噂を聞いてるかもしれないし、最終的には知ることになるだろうからな。ここで秘密を守るのは不可能だ」

「まあ、あなたが自分の運命を決めたんだから」と若い男は溜《た》め息をついて、一つ一つの言葉を噛《か》みしめるように言った。「自分の行動の結果を知るべきだろう。あなたが飲んだ睡眠薬が引き起こした昏睡《こんすい》状態により、あなたの心臓は回復不可能なほど傷ついたんだ。心室が壊死《えし》してたんだよ……」

「簡単に言いなさい」と年配の男は言った。「単刀直入に言えばいいんだよ」

「あなたの心臓は回復不可能なほど傷ついていて、そのうち全く動かなくなる」

「それってどういう意味？」と彼女は怖くなって聞いた。

「もし心臓の鼓動が止まれば、その意味はひとつだけ。死だ。あなたが何を信じてるか知らないが……」

「わたしの心臓はいつ止まるの？」とベロニカは彼の言葉を遮って聞いた。

「五日以内に。長くて一週間」

ベロニカは、プロフェッショナルな外見や態度と心配そうな雰囲気の裏で、若い男が、自分の言っていることに大きな喜びを味わっていると思った。まるで彼女がその罰を受け、みんなへの見せしめとなるのを喜んでるかのように。

今まで生きてきて、ベロニカは、彼女の知っている多くの人が、他人の人生の恐怖について心配そうに話しながらも、本当は、他人の苦しみを楽しんでいることに気づいていた。自分たちは幸せで、自分の人生は喜ばしいものだと思えるからだ。彼女はそんな人たちが大嫌いで、その若い男にも、彼自身の苛立《いらだ》ちを覆い隠すのに、自分の状況を利用させるつもりなど毛頭なかった。

彼女は彼の目をじっと見据えて、笑いながら言った。

「それなら、わたしは成功したわけね」

「まあね」という答えが返ってきた。でも、彼女に悲劇を伝えることで得た彼の喜びは、もう消えていた。

しかし、夜になって、ベロニカは怖くなり始めた。睡眠薬を飲んですぐに死ぬのと、五日間、もしくは一週間も死を待つのとは、また違うことだった。特にたくさん苦しんできた今となっては。

彼女は今までずっと、何かを待ち続けてきた。父親の仕事からの帰りを、来ることのなかった恋人からの手紙を、年度末の試験を、電車を、バスを、電話を、休暇を、休暇の終わりを。そして今度は死を待たなければならなかった。しかも予約済の死を。

「こんなことはわたしにしか起こらないわ。ふつう、人は自分が一番死ぬと思ってない日に死ぬものだから」

彼女はここから逃げ出して、また、もっと睡眠薬を手に入れなければならなかった。それができないなら、そしてリュブリャーナで一番高い建物から飛び降りることが唯一の解決策ならば、きっと彼女はそうするだろう。彼女は両親に無駄な苦痛を与えないようにしたかったが、もう他に方法はなかった。

彼女は周りを見回した。全てのベッドに人が寝ていて、中にはとても大きないびきをかいている人がいた。窓には鉄格子がはまっていた。病棟の奥にはその空間を奇妙な影で満たす小さな明るい光があり、それは病棟が常に監視されていることを意味していた。光のそばには、本を読んでいる女性がいた。

「ここの看護師は知識が豊富なはずね。人生のほとんどを本を読んで過ごしてるんだから」

ベロニカのベッドはドアから一番遠いところにあった。彼女とその女性との間には、他に二〇台以上のベッドがある。彼女は起き上がるのに苦労した。もし医者の言っている通りなら、もう三週間近く歩いてなかったのだから。看護師が顔を上げると、点滴をあとから引きずりながら近づいてくる彼女に気づいた。

「トイレに行きたいの」と彼女は、他の狂った女たちを起こさないように、小さな声で言った。

女性はドアの方を適当に手で示した。ベロニカの頭は急速に回転していた。どんな逃走経路、裂け目、逃げ道でもいいから探そうと。「すぐ逃げなければ。彼らがわたしをまだ、体力がなくて行動できないと思ってるうちに」

彼女は周りを偵察した。トイレはドアのない、ただの四角い空間だった。そこから出たければ、看護師を襲ってキーを奪い、彼女を打ち負かさなければならなかった。でもそんな力はなかった。

「ここは監獄なの？」と彼女は、本から顔を上げて彼女の一挙一動を観察していた看護師に聞いた。

「いいえ、精神病院よ」

「でも、わたしは狂ってないわ」

看護師は笑った。

「みんなそう言うわ」

「分かったわ。確かにわたしは狂ってるわよ。でもそれはどういうことなの？」

彼女はベロニカに、あまり長く立っていないように窘《たしな》めると、ベッドへ戻るように言った。

「狂うってどういうことなの？」とベロニカも引き下がらなかった。

「明日、ドクターに聞きなさい。でも今はもう寝るのよ。そうでなければ、鎮静剤を打たなければならないわ。あなたが望もうと望むまいと」

ベロニカは言う通りにした。戻る途中、彼女はベッドのひとつからささやく声を聞いた。

「狂うってのが、どういうことか知らないの？」

一瞬、彼女はその声を無視しようと考えた。友だちを作って、社交的なサークルを始めることも、大きな集団反抗の同志を集めるのもいやだった。彼女にはひとつの決まった考えしかなかった。それは死だ。もし逃げることができないなら、この場で自殺する方法を見つけるだろう。それもできるだけ早く。

でも女は、彼女が看護師に聞いたのと同じ質問をしてきた。

「狂ってるのがどういうことだか知らないの？」

「あなたは誰？」

「わたしの名前はゼドカよ。ベッドに入りなさい。そして看護師に寝てると思わせて、またここへ這《は》ってくるのよ」

ベロニカは自分のベッドに戻り、看護師がまた読書に戻るのを待った。狂っているってどういう意味なの？　全く思いもつかなかった。その言葉は全く無秩序な使われ方をしていたからだ。人は例えば、あるスポーツマンが記録を破りたがったから狂っていると言ったり、普通の人たちと較《くら》べたら全く違う、奇妙で不安定な人生を送っているからアーティストは狂っていると言ったりする。一方でベロニカは、よく薄着の人たちが、冬のリュブリャーナを、ビニール袋やボロ切れの入ったスーパーマーケットのカートを押して、世界の終焉《しゅうえん》を宣言しながら歩いているのを見たことがある。

彼女は眠くはなかった。医者によると、彼女はほとんど一週間も寝ていたらしい。激しい感情の起伏もなく、きちんとした予定表に従う生活に慣れていた人間にとってはあまりに長い時間だった。狂っているというのはどういうことなのか？　もしかして、それは狂っている人に聞いた方がいいのかもしれない。

ベロニカは膝《ひざ》をついて、腕から針を抜き取ると、ゼドカのベッドへ行きながら、おなかがキリキリするのを我慢した。この気持ち悪さが、弱くなった心臓のせいなのか、無理して動いているせいなのかは分からなかった。

「狂ってるってことがどういうことか分からないの」とベロニカはささやいた。「でもわたしは狂ってるわけじゃないわ。わたしはただ自殺に失敗しただけなのよ」

「自分の世界に住んでる人はみんな狂ってることになるのよ。多重人格者、精神異常者、マニアのように。人とは違うだけでね」

「あなたのように？」

「逆に」とゼドカは、その皮肉が聞こえていないふりをして続けた。「まず、時間も空間もなく、あるのはその二つを合わせたものだと言ってたアインシュタインがいたでしょ？　それから、世界の反対側にあるのは大きな溝でなく、大陸だと固執したコロンブスがいるでしょ？　人がエベレストの山頂に到達できると信じていたエドムンド・ヒラリーがいるでしょ？　それに、それまでと全く違う音楽を創り、全く違う時代の人みたいな格好をしてたビートルズもいたでしょ？　そんな人たちと、他にも何千という人たちは、みんな自分の世界に住んでいたのよ」

「このおかしな女の言うことはちゃんと理屈が通ってるわ」とベロニカは頭の中で思って

いた。母親が話してくれた、イエスや聖母マリアと話したことがあると言い張った聖人たちの物語のことを思い出しながら。彼らもまた、違う世界に生きていたのか？

「一度、超ミニのドレスを着た女性を見かけたの。てっきり酔っ払ってるんだと思って、助けようと思って近づいたけど、彼女はジャケットを貸すというわたしの申し出を断わったの。季節は彼女の世界ではまだ夏で、身体は、彼女を待っている人への欲望でほてってたのかもしれないわ。その人が彼女の錯乱の中だけにしか存在しなくても、彼女は生きるも死ぬも自分で選ぶ権利があるわけでしょ？」

ベロニカはなんて言っていいか分からなかったが、その狂った女の言葉には理屈が通っていた。誰が知るだろう。もしかして、リュブリャーナの街《まち》を半裸で歩いていた女は彼女だったのかもしれない。

「物語を話してあげるわ」とゼドカは言った。

「王国全土を崩壊させようとした力のある魔法使いが、全国民が飲む井戸に魔法の薬を入れたの。その水を飲んだ者はおかしくなるように。

次の朝、誰もがその井戸から水を飲み、みんなおかしくなったわ。王様とその家族以外はね。彼らには王族だけの井戸があり、魔法使いの毒薬は撒《ま》かれてなかったから。そこで心配した王様は安全を図り、公共の福祉を守るためにいくつかの勅令を発布したの。でも警察官も、警部も、すでに毒の入った水を飲んでいたから、王様の決定を愚かだと思って、従わないことにしたの。

王国の臣民がその勅令を耳にした時も、みんな、王様がおかしくなって、バカげた命令を下しているんだって確信したの。彼らは城まで大挙して押し寄せ、その勅令の破棄を求めたわ。

絶望した王様は、王位から退く心づもりでいたけど、女王が彼を引き止めて言ったの。〝さあ、みんなと同じ共同井戸の水を飲むのよ。そうすれば、みんなと同じようになるはずだから〟。

そして彼らはそうしたの。王様と女王は狂気の水を飲み、すぐに不条理なことを口走り始めた。彼らの臣民は、すぐに悔い改め、王様がすごい知恵を見せている今、このまま国を統治させようではないか、と思ったの。

その国は、近隣諸国よりもおかしな行動を取っていたけど、それから平和な日々を送り続けた。そしてその王様はその最期まで国を支配することができたとさ」

ベロニカは笑った。

そして「あなたは全然、狂ってるように見えないけど」と言った。

「でも狂ってるのよ。治療は受けてるけどね。わたしの問題は、ある化学物質が欠けてることなの。でも、その化学物質がこの極度の鬱病《うつびょう》を治してくれると願いながらも、ずっと狂っていたいと思ってるの。自分の夢みたいに、人生を生きたいの。他の人に言われるがままではなくてね。向こう側には何があると思う？　ヴィレットの壁の外に」

「みんなで同じ井戸の水を飲んだ人たち？」

「その通りよ」とゼドカは言った。「彼らは自分が普通だと思ってるの。みんな同じ行動をとってるから。とにかく、わたしはみんなと同じ井戸から水を飲んだふりをするだけよ」

「わたしは前からそうしてきたけど、それがわたしの問題なの。わたしは鬱になったこともなければ、大きな喜びも悲しみも感じたことがないの。少なくともそんな感情が長く続いたことはないわ。わたしもまわりのみんなと同じ問題を抱えているのよ」

ゼドカはしばらくの間、何も言わなかったが、やっと口を開いた。

「あなたが死ぬって聞いたわよ」

ベロニカは一瞬躊躇《ちゅうちょ》した。この女を信用していいのか？　ベロニカは危険を覚悟で言った。

「そう。五日か六日以内にね。でも、もっと早く死ねないかと考えずにはいられないの。もしあなたか、他の誰かがもっと睡眠薬を手に入れてくれれば、今度こそわたしの心臓ももう耐えられないと思うの。死を待つことがどれだけひどいもんかって、分かるでしょ？

助けてほしいの」

　ゼドカが答える前に、看護師が注射器を手に現われた。

「わたしが注射してあげるわよ」と看護師は言った。「もし抵抗するなら外の警備員に助けてもらってもいいのよ」

「無駄に力を使わないで」とゼドカは言った。「力を残しておくのよ。わたしに頼んだものがほしいなら」

　ベロニカは立ち上がって、ベッドに戻ると、看護師に仕事を全うさせた。

精神病院に来て初めての普通の日だった。彼女は病棟を出て、男女が一緒に食事していた大きな食堂で朝食をとった。彼女はそこが、よく映画で出てくる感じとは大きく違うことに気づいた。ヒステリックな情景、叫び声、狂ったような身ぶりをする者などなく、逆に全てが抑圧された静寂のオーラに覆われているようだった。誰もが、知らない他人とは自分の内なる世界を分かち合いたくないようだった。

朝食（それはそう捨てたものではなく、誰もヴィレットの悪名を食事のせいにはできないだろう）の後、みんな太陽を浴びるために外へ出ていった。実際には、太陽なんて出ていなかったが。気温は氷点下で、庭は雪に覆われていた。

「わたしは生きながらえるためにここにいるんじゃなくて、生命を失うためにいるのよ」

とベロニカは看護師の一人に言った。

「それでも外へ出て、太陽を浴びないと」

「おかしいのはあなたたちの方よ。太陽なんて全然出てないじゃない」

「でも光はあるわ。それで患者たちが落ち着くこともあるの。残念ながら、ここの冬は長いわ。そうじゃなければ、もっと仕事が楽なのに」

いくら言っても無駄だった。ベロニカは外へ出て、少し歩き、周りを見渡して、こっそり逃げ道を探した。高い壁は昔のバラックに典型的なものだったが、見張り塔は空っぽだった。庭は軍事施設を思わせる建物に囲まれていて、男性病棟、女性病棟、事務棟、そして職員用の部屋があった。ざっと見たところ、厳重に警備されているのは表門だけだと分かった。出入りする者たちの書類を、二人の警備員がチェックしていた。

全てを思い出し始めていた。記憶を試すために、まず小さなことから思い出そうとした。いつも部屋の鍵《かぎ》を置いていた場所、買ったばかりのレコード、図書館で最後に問い合わせのあった本。

「ゼドカよ」と一人の女性が近づいてきて言った。

前の夜、ベロニカは彼女の顔を見ていなかった。話している間中、ずっとベッドの横にしゃがんでいたからだ。ゼドカは見た目三十五歳くらいで、いたって普通に見えた。

「注射がひどくなければよかったけど。しばらくすれば、身体が慣れて、鎮静剤の効果もなくなってくるわ」

「わたしは大丈夫よ」

「昨夜の会話だけど、あなたがわたしに聞いたこと覚えてる？」

ゼドカは彼女の腕を取ると、一緒に中庭へ行き、葉っぱのない木々の間を歩き始めた。壁の向こうに、山々が雲の中へ消えていくのが見えた。

「もちろん」

「寒いけど、すばらしい朝に違いないわね」とゼドカは言った。「変だけど、こんなに寒くて、灰色で、雲の多い日に鬱病《うつびょう》で苦しむことはなかったわ。自然がわたしと調和しているように感じたし、心に反射しているようだった。逆に、太陽が出ると、ひどく落ち込んだの。子供たちは街《まち》で遊ぶために外に出てきたし、誰もがすばらしい日を喜んだわ。その生命の輝きが、私には参加できない、どこかずるいものに思えたのよ」

ベロニカはその女性からやさしく、身体を離した。彼女は身体に触れられるのが好きではなかった。

「さっき、何を言おうとしたの？　きのうの夜、わたしが聞いたことについて何か言おうとしてたでしょ」

「ここには、男も女も、家に帰って、そこで過ごすことができるのに、ここを出て行きたがらない人がたくさんいるの。ヴィレットは、五つ星からはほど遠いけど、人が言うほどひどいところじゃないわ。この中にいれば、人は非難されることなく、何でも好きなことが言えるし、やりたいようにできる。だって、ここは精神病院でしょ。でも、政府の査察の時だけ、みんな、危険な精神異常者のように振る舞うの。国の費用でここにいる人もいるからね。医者もそのことは知っているけど、そのまま続けるよう、たぶんオーナーたちからなんらかの命令が出ているのよ。患者の数より、空きの方が多いから」

「彼らに睡眠薬を調達してもらえる？」

「話してみたら。彼らは自分たちのグループをクラブと呼んでるわ」

ゼドカは、一人の若い女性と楽しそうに話していた白髪の女性を指差した。

「彼女の名前はマリー。クラブの一員よ。彼女に聞いてみれば」

ベロニカはマリーの方へ歩き始めたが、すぐにゼドカが止めた。

「今はだめよ。楽しんでるから。自分に喜びをもたらすことをわざわざ中断してまで、見ず知らずの人にやさしくするわけないわ。もし機嫌を損ねたら、もう二度と彼女には近づけないわよ。狂人には、まず第一印象が大事なの」

ベロニカは、ゼドカの〝狂人〟という言い方に笑った。でも同時に当惑した。ここの全てがとても普通でやさしいものに思えたから。彼女は、仕事場からバーへ、またバーからどこかの愛人のベッドへ、そのベッドからまた自分の部屋へ、そして自分の部屋から、母親の家へと移動するだけの生活をもう何年も過ごしてきた。だが彼女は、今まで夢みたこともないようなことをたった今体験していた。精神病院、狂気、サナトリウム……。自分が〝狂人〟だということを恥ずかしがる必要がなく、他人にやさしくするためだけに、自分が楽しんでいることを中断することのない場所で。

彼女はゼドカが本気なのか疑い始めた。それともあれは、精神病患者が、自分の住んでる世界の方が普通の人の世界よりいいというふりをするための方法なのか。でもそれがどうしたというんだろう？　彼女はおもしろくて外とはどこか違う、全く予想してなかったことを体験している。自分のやりたいようにするために、おかしくなったふりをする人たちのいるような場所を想像してみればいい。

その瞬間、ベロニカの心臓はひっくり返った。医者が言ったことを思い出して、怖くなった。

「少し一人で歩きたいの」と彼女は言った。結局、自分も〝狂人〟なわけで、もう人の機嫌を取る心配なんてしなくていいのだから。

ゼドカはどこかへ行き、ベロニカはヴィレットの壁の向こうに見える山々を見て立っていた。生きたいという欲求がほんの少し頭を擡《もた》げたが、ベロニカは意識的にそれをどこかへ追いやった。

「できるだけ早く、クスリを手に入れなければ」

彼女は自分の状況を思い起こした。それは理想とはほど遠かった。どれだけおかしなことをやってもいいと言われても、どこから始めていいか分からなかった。

彼女は今まで、おかしなことなんてしたことがなかったのだから。

しばらく庭で過ごした後、みんな食堂に戻り、昼食をとった。それからすぐに、看護師は男女を、たくさんのエリアに分けられた巨大なラウンジへと連れていった。テーブル、椅子、ソファ、ピアノ、テレビの他に、灰色の空と低い雲が見渡せる大きな窓があった。部屋は庭へと開かれていたため、窓に鉄格子はついていなかった。ドアは寒さのために閉ざされていたが、取っ手をひねるだけで、外へ出て、木々の間を歩くこともできた。

ほとんどの人はテレビの前に座った。他の者たちはただ宙を見つめたり、小さな声で独り言を呟《つぶや》いていたが、人生のある時に、そうしたことのない人などいるだろうか？　ベロニカはさきほどの年配の女性、マリーに気づいた。彼女は広い部屋の隅に集まる大きなグループの中にいた。他に数人の患者たちが近くを歩いていたので、そこに加わり、そのグループのメンバーが何を話しているのか盗み聞きしようとした。

彼女はできるだけ自分の目的を隠そうとしたが、近づくにつれて、みんな静かになって、いっせいに彼女の方を振り向いた。

「なんの用だ？」と、クラブのリーダーと思《おぼ》しき年配の男が言った（もし、そんなグループが存在するならだが、ゼドカは思ってたほどおかしくなさそうだった）。

「べつに。ただ通りすがっただけよ」

彼らは視線を交わし、さも狂ってるかのように頭を動かした。一人がべつの人に言った。「ただ通りすがっただけだってさ」そしてもう一人が今度はさらに大きな声で繰り返すと、すぐにみんなで同じ言葉を叫び始めた。

ベロニカはどうしていいか分からずに、恐怖で凍りついたまま立ち尽くしていた。屈強そうでうさん臭い感じの看護師が来て、何が起きたのか知りたがった。

「べつに」とグループの中の一人が言った。「その人はただ通りすがっただけなんだ。今はそこに立ってるけど、まだ通りすぎているところなんだ」

するとグループ全体が爆笑した。ベロニカは皮肉な感じを装って、笑みを浮かべて振り返るなり、そのままその場を後にした。誰一人その目に涙が浮かんでいることに気づかなかった。彼女はすぐに庭へと出た。コートもジャケットも羽織らずに。看護師は彼女に戻ってくるよう説得しようとしたが、すぐにもう一人が現われて、彼の耳に何かささやくと、二人は彼女を放っておくことにした。寒さの中に。死にゆく人間の健康のことなど心配する必要はなかった。

彼女は混乱し、緊張して、自分に苛立《いらだ》っていた。彼女は今まで一度も人に挑発されることを許さなかった。幼い頃から、新しい状況に直面したら、クールになり距離を置くことを学んだ。だが、あの狂人たちは、恥を、不安を、怒りを、そして彼らみんなを殺し、今まで口にすることなど考えもしなかった言葉で傷つけたいという欲求を、彼女に感じさせてしまった。

病院が彼女を昏睡《こんすい》状態から覚ますために処方したクスリや治療は、彼女を、自分の身も守れない、か弱い女へと変えてしまったようだ。彼女は思春期の段階に遥《はる》かにひどい状況に直面したこともあったが、ここで初めて、涙を抑えることができなくなった。彼女は以前の自分に戻る必要があった。皮肉で対抗し、彼女の方がみんなより優れているからそんな中傷も全く気にならない、というふりができるようにならなければならなかった。誰かあのグループの中に、死を望む勇気のある者がいるだろうか？　ああしてヴィレットの壁の中でくっついていて、彼女に人生について教えることができる人がいるのだろうか？彼女は、どんな状態にあったとしてもあの人たちの助けをほしいと思わなかった。もし死ぬまで五日、六日待たなければならなかったとしても。

「一日がもう過ぎたわ。あと四、五日しか残ってないじゃないの」

彼女は少し歩いて、凍えるような寒さが身体に染み込むのに委《まか》せ、速く流れ過ぎている血を落ち着かせようとした。彼女の鼓動はあまりに激しかった。

「わたしは今ここにいて、残りの人生の日々も数えられるほどなのに、今まで会ったこともなく、もう二度と会うこともない人たちからの中傷に意味を与えてしまっている。そしてわたしは苦しんで落ち込み、彼らを攻撃して、自分を守りたいと思ってしまう。時間を無駄にすることなんてないのに」

でも確かに彼女は、わずかに残された時間を無駄にしていた。この奇妙なコミュニティの中で、自分の小さなスペースのために、他の人たちのルールを押し付けられたくないがために、戦いを挑んで。

「信じられない。こんな人間じゃなかったのに。こんなバカげたことで争うことなんてなかったのに」

彼女は凍りついた庭の真ん中で足を止めた。全てがバカげていると思ったからこそ、自《おの》ずと人生が彼女に強いてきたことを受け入れることになってしまったのだ。思春期の頃、彼女は選択するにはまだ若すぎると思った。そして今は、まだこの若さだが、変わるにはもう遅すぎると思っていた。

それなら、それまで何に自分のエネルギーを注いできたのか？　自分の人生がこれまで通りに進むことを確認するためにだ。彼女は自分の多くの欲求を、両親から子供の頃のように愛し続けてもらうために捨ててきた。本物の愛は、時間とともに変わり、成長し、新しい表現方法を見つけては発見していくことだと知っていたにも拘《かかわ》らず。ある日、母親が、涙混じりに、自分の結婚は終わったと話すのを聞いた時、ベロニカは、父親を探しだして、泣いて、脅して、最終的に、彼が家を出ないという約束を取り付けた。そのために両親が払うことになる高い代償のことなど考えもしなかった。

仕事に就こうと決めた時、彼女はできたばかりの自分の国に新しく設立された会社の、条件の良い仕事を断わって、公立図書館の仕事を選んだ。さほど給料はよくないが、安心できる場所を求めて。彼女は毎日仕事にいき、同じスケジュールを守りながら、上司たちから脅威と思われないように、いつも気を遣っていた。彼女は仕事に満足し、抗《あらが》うこともなかったので、逆に成長することもなかった。ただ月末に給料さえ貰えればよかった。

彼女が修道院に部屋を借りることにしたのは、修道女たちが、間借人に門限を設けて、それ以降は門に鍵《かぎ》をかけたからだ。まだ外にいた人は、外で寝なければならなかった。だから彼女には、ホテルの部屋や知らないベッドで寝なくて済むよう、男たちへのちゃんとした言い訳があった。

結婚することを夢みていた頃、彼女は、リュブリャーナの郊外の小さな家で、父親とは違うタイプの、家族をきちんと養えるほどの収入があり、家の暖炉の火の前で、巓《いただき》に雪を浮かべた山々を眺めながら彼女と過ごすだけで満足できる男と、一緒になることを望んでいた。

彼女は男たちに、ある程度の悦《よろこ》びを与えるようにしてきた。それ以上でも、それ以下でもなく、必要なだけ。彼女は誰にも怒らなかった。怒れば、対応しなければならなくなり、敵と戦わなければならなくなるわけで、復讐《ふくしゅう》のような、予期せぬ結果を生むことになるからだ。

人生でしたいことをほとんどやり遂げた時、彼女は、自分の存在にはもう意味がないという結論に達した。毎日が同じだからという理由で。そして彼女は死ぬことにした。

ベロニカはまた中へ入ると、部屋の一角に集まっていたグループに向かって歩いていった。みんな熱心に何か話していたが、彼女が近づくと、すぐに静かになった。

彼女は、リーダーと思《おぼ》しき、一番年配の男のところへ真っ直ぐ向かった。そして誰かが彼女を止める前に、彼に響くようなビンタを食らわした。

「これに対して何も反応しないの?」と彼女は、部屋のみんなに聞こえるような大きな声で言った。「何かしないの?」

「いや」と男は言うと、一瞬顔に手をやった。鼻からは一筋の血が滴り落ちた。「もうそれほど長くは、我々の邪魔にはならないからな」

彼女はラウンジを出て、自分の病棟へ勝ち誇ったように戻った。彼女は今まで人生でしたことのなかったことをした。

ゼドカがクラブと呼んでいた集団との事件から三日が過ぎた。ベロニカはあのビンタを後悔していた。男の復讐が怖いからではなく、いつもと違うことをしてしまったからだ。気をつけないと、人生には生きる価値があるのだと思い直すようになり、それによって、無意味な苦痛が降りかかってきてしまう。まもなくこの世界から消えなければならないというのに。

彼女に残された唯一の選択肢は、全てのものと、全ての人に近づかず、どんなことをしてでも以前の自分に戻り、ヴィレットのルールや規則に従うことだった。彼女は病院から押しつけられたスケジュールに適応した。朝早く起きて、朝食をとり、庭へ散歩に出てから、ランチを食べ、ラウンジに行って、また庭を散歩し、夕食を食べて、テレビを観て、ベッドに入る。

ベロニカが寝る前に、必ず看護師が薬を持って現われた。他の女性たちも薬を飲んでいたが、注射を受けていたのはベロニカだけだった。彼女は文句を言わなかった。ただ、どうしてそんなにたくさんの鎮静剤を処方されていたのか知りたかった。今まで眠るのに何の問題もなかったからだ。でも彼女たちは、その注射が鎮静剤ではなく、彼女の心臓のための薬だと説明した。

スケジュールに従うことで、彼女には病院での日々が同じように感じられてきた。毎日が同じだということは、毎日はより早く過ぎていくということだ。あと二、三日すれば、彼女はもう歯を磨くことも、髪を梳《と》かすこともなくなるだろう。ベロニカは自分の心臓が急激に弱くなっていることに気づいた。すぐに息が切れ、胸部に痛みを覚えるようになり、全く食欲がなく、少し何かするだけで眩暈《めまい》がした。

クラブとの事件以来、彼女は時々考えたことがある。「もし選べるなら、もしもっと早くに、毎日が同じなのが、自分が望んだからだと気づいていたなら、もしかして……」

でも返事はいつも同じだった。「選択肢なんてないのだから、もしも、なんてこともないのよ」彼女の内なる平和は戻った。全てがすでに決められていたからだ。

この期間、彼女はゼドカと仲良くなった（友情ではない。友情には一緒に長い時間を過ごすことが必要だから。でも、それはもう不可能だ）。彼女たちはトランプをした。時間が早く過ぎていくような気がしたから。そして時々、二人一緒に、黙ったまま、庭を散歩した。

ある朝、朝食のすぐ後に、規則通り、二人は太陽にあたるために外へ出た。だが看護師が、その日はゼドカの治療の日だから、彼女だけ病棟へ戻るように言った。

彼女と一緒に朝食を食べていたベロニカは、それを聞いていた。

「それはなんの治療なの？」

「すっごく昔の治療よ。六〇年代からのね。でも医者はそれがわたしの回復を早めるかもしれないと思ってるの。一緒に来て、見てみる？」

「あなた、鬱病《うつびょう》だって言ったわよね。飲んでるクスリだけで、あなたに足りない化学物質を補えるわけじゃないの？」

「見たくない？」とゼドカはもう一度言った。

彼女はいつもの行動範囲から出たいと思っているんだわ、とベロニカは思った。ベロニカは新しい発見をすることになる。もうこれ以上学ぶ必要もないのに。必要なのは、忍耐だけだ。でもすぐに好奇心の方が勝って、彼女は頷《うなず》いていた。

「これはショウじゃないのよ」と看護師が言った。

「彼女はもうじき死ぬのよ。でもまだ何にも見てないわ。ね、一緒に来てもいいでしょ？」

ベロニカは、笑みを浮かべたままベッドに縛りつけられているゼドカを見た。

「これから何が起きるのか彼女に教えてあげて」とゼドカは看護師に言った。「でないと、怖がっちゃうから」

彼は向き直ると、ベロニカに注射器を見せた。彼は医者のような扱いを受けて嬉《うれ》しそうだった。若い研修医に、ちゃんとした方法と、ちゃんとした治療を説明してあげてるようで。

「この注射器には、インシュリンが入ってるんだ」と彼は厳粛かつ、専門的な声で言った。「高い血糖値と戦うために糖尿病患者に投与するものさ。だが、通常より量が多いと、その結果、血糖値の急激な低下によって昏睡《こんすい》状態を引き起こすんだ」

彼は空気を抜くために軽く針を叩《たた》くと、次にゼドカの右足の血管に突き刺した。

「これから起きるのはそういうことだ。彼女は誘発された昏睡状態に入るんだ。彼女が白目を剝《む》いても怖がるな。それにクスリが効いてる間、彼女に自分のことが分かると思うなよ」

「それってひどいわ。非人道的よ。人は昏睡状態から出ようとするものよ、入るんじゃなくて」

「人は生きるために闘うんだ。自殺するためじゃなく」と看護師は答えたが、ベロニカはそれを無視した。「それに昏睡状態によって器官も休むことができるんだ。その機能は全て、大幅に縮小されて、存在してるどんな緊張も消えてしまうんだ」

そう話しながらも、彼はもうその液体を注入していて、ゼドカの目はどんどん鈍くなっていった。

「心配しないで」とベロニカは彼女に呼びかけた。「あなたはいたって普通よ。話してくれた王様の物語も……」

「もう無駄だよ。きみの言うことは聞こえないから」

目の前のベッドにいる女性は、ほんの数分前には、とても明晰《めいせき》で生気に満ちていたのに、いまやその視線は遠くに向けられ、口の端からは液体状の泡が出ていた。

「なんてことをしたの？」と彼女は看護師に向かって叫んだ。

「おれは仕事をしてるだけだよ」

ベロニカはゼドカに呼びかけ、警察に、マスコミに、人権団体に話しにいくと叫んで、脅し始めた。

「落ち着くんだ。ここは精神病院かもしれないけど、それでもある程度の規則には従ってもらわなければならないんだ」

彼女は彼が本気だということに気づき、怖くなった。でも彼女には失うものなど何もなかった。だからそのまま叫び続けた。

ゼドカのいる場所からは、病棟とベッドが見えた。一つを残して後は全て空っぽだった。その一つに彼女の身体が縛りつけられていて、横には若い女性が立っており、恐怖の表情で彼女を見ていた。若い女性は、ベッドに寝ている人が、生理学的に完璧《かんぺき》に機能して生きており、しかも彼女の魂が、ほとんど天井に触れるくらいのところを飛んでいて、深い静けさを体験していることなど知らなかった。

今ゼドカは宇宙を旅していた。初めてインシュリン・ショックを体験したとき、それは驚きだった。彼女はまだその体験を誰にも話していなかった。ここにはただ鬱病の治療のためにいるだけで、身体さえ持ち直せば、もう二度と戻らないつもりだった。もし身体を抜け出したなどとみんなに話したら、きっとヴィレットにきた時よりもおかしくなっていると思われるだろう。でも、自分の身体に戻ると、彼女は二つのテーマについて書かれた本を読み始めた。インシュリン・ショックと、宙に浮いてしまう奇妙な体験についての。

その治療についてあまり多くは書かれていなかった。一九三〇年頃に初めて実践されたが、精神病院ではもう完全に禁止されていた。患者が致命的なダメージを受けることもあるからだ。そんなセッションの一つで、彼女は霊体となってイゴール博士の診察室を訪ねたことがあった。しかも博士が病院のオーナーの一人とその件について話をしている最中に。「それは犯罪だ」とイゴール博士は言い、「そうさ。でも、安いし、早いんだ！」ともう一人の男が言っていた。「とにかく、精神病患者の権利なんて誰が興味を持つんだ？誰も文句なんか言わないさ」

それでも、医者によっては、それが鬱病《うつびょう》を早く治療できる方法だと信じていた。ゼドカはインシュリン・ショックについて書かれたあらゆる出版物を探し、借り出した。特に、それを体験した患者たちのレポートなんかを。話はいつも同じだった。恐怖に次ぐ恐怖。彼女が今しているような体験をした人は一人もいなかった。

彼女はなかなか正しいと思われる結論を出した。インシュリンと、彼女の意識が身体を抜け出す時の感覚との間にはなんの関係もないのだ、と。逆に、そうした治療には、患者の精神機能を低下させる傾向があった。

ゼドカは魂の存在について調べ始めた。オカルトについて数冊読み、それからある時、まさに彼女が体験していることを説明してくれる大きな本を見つけた。『霊的な旅』というタイトルのその本には、同じことを体験した多くの人のことが書かれていた。単に自分の感じたことを説明しようとするだけの人たちもいれば、それをもたらすテクニックを開発した人たちもいた。ゼドカはいまやそのテクニックをマスターしていて、毎晩、行きたいところに行くことができた。

それらの体験とビジョンについての説明は多様だが、全てに共通するところがあった。魂と身体が分かれる前の、奇妙で苛立《いらだ》つノイズの後には、ショックと、急激な意識の喪失、それから宙に浮くことの平静と喜びがやってくる。それはまるでシルバーの糸で身体が吊《つ》られているようだった。無限に伸びる糸で。だがその銀の糸が切れてしまったら、その人は死ぬという伝説もあった（当然、本の中でだが）。

彼女の体験では、自分が行きたいと思うだけ遠くまで行くことができ、糸が切れることはなかった。でも基本的に、この本は、霊的な旅からよりたくさんのことを得るのにとても役立った。彼女は例えば、ある地点から別の地点へ移動したい時、その空間にいることに集中し、どこへ行きたいのかを想像しなければならないことを学んだ。ある地点から飛び立ったら、もう一方へ行き着くまでに必要な距離を飛ぶという飛行機の従うルートとは違い、霊的な旅では不思議なトンネルを通る。ある場所にいることを想像し、ものすごいスピードで適当なトンネルに入ると、もう一つの地点に登場していた。

空間に棲《す》まう生き物たちへの恐怖を克服できたのも、本があったからだ。今日は、病棟には他に誰もいなかったが、彼女が初めて身体から抜け出た時、たくさんの人たちが自分の身体を見ていて、驚きの表情を浮かべているのが分かった。

彼女は最初、それらの人々が死人で、病院を呪っている霊だと思った。しかし本と、自らの経験のおかげで、本当のことを知ることができた。そこには確かに霊もさまよっていたが、彼女みたいに生きている人もいて、身体から離脱するテクニックを覚えた人たちもいれば、まだ自分に何が起きているのか分からなくて戸惑っている人たちもいた。世界のどこかで体は深い眠りについているのに、魂が自由に外を飛びまわっていることに。

今日、イゴール博士の診察室を訪れた時に、彼女を退院させてもいい頃だと博士が話しているのを盗み聞きしたから、ゼドカはこれが最後の霊的な旅になることを知っていた。だから彼女は出かけずにヴィレットに残ることにした。表門を出た瞬間、もう霊としても戻ることはないのだから、最後に別れを告げたかった。

別れを告げる。それは本当に難しいことだ。一度精神病院に入ると、人は狂気の世界の自由に慣れてしまい、それが中毒になってしまう。責任なんてものを取る必要も、日々の生活費を稼ぐことも、反復的な日常のつまらない仕事に煩《わずら》わされる必要もなかった。絵を見たり、バカな落書きを描いたりして何時間でも過ごせてしまう。そして彼女自身も見てきたが、ほとんどの患者たちの体調は入院した途端に向上した。彼らは病気を隠す必要もなかったし、〝家族的〟な環境によって、自分の神経症や精神病が受け入れやすくなった。

最初、ゼドカもヴィレットに魅了され、治ったらクラブに入ろうと思っていた。でも、自分にもし分別さえあり、毎日の試練に対処できれば、自分がそれまで外で楽しんでいた生活を続けていけることに気がついた。誰かが言ったように、自分の狂気を抑制すれば済むことなんだと。天界では、自分の精神はどんな茨《いばら》だらけの状況でも大笑いしていることさえ忘れなければ、普通の人のように、泣いたり、心配したり、怒ったりできるのだ。

彼女はもうすぐ家に帰るだろう。自分の子供と夫と一緒にいるために。そんな人生にも魅力はあった。確かに仕事を見つけるのは大変だろう。リュブリャーナのような小さな町では、噂はすぐに知れ渡ってしまうし、ヴィレットでの入院生活はすでに多くの人の知るところだった。でも彼女の夫は、家族を養うための十分なお金を稼いでくれたし、彼女は自分の時間を、霊的な旅を続けるために使える。ただし、インシュリンの危険な影響下ではなく。

彼女にはもう二度と体験したくないことがひとつだけあった。それは彼女がヴィレットに来る要因となったものだ。

鬱病だ。

医師たちは、最近発見されたセロトニンが、人がどう感じるかを司《つかさど》る化学物質なのだと言った。セロトニンの欠如により、人の、仕事、睡眠、食事、そして人生の喜びを享受する許容量が損なわれてしまう。この物質が完全に消えてしまうと、その人は、絶望、ペシミズム、無気力、ひどい疲労感、不安、決断することの困難を覚え、最終的には永遠の憂鬱へと沈みこみ、完全な無気力症か、自殺に至る恐れがある。

他の、より保守的な医師たちは、人生におけるどんな大きな変化も、鬱病を引き起こしかねないと言った。他の国へ引っ越したり、愛する人を亡くしたり、離婚したり、仕事や家族への要求が増えたりすることでも。夏と冬の入院患者数を比較した、ある現代的な調査によれば、太陽光の不足が鬱病を引き起こす一つの要因としてあげられている。

だがゼドカの場合、人が考えているよりも、理由は簡単だった。彼女の過去の男。というより、ずっと昔に知りあった男性について彼女が作り上げた幻想がその原因だった。

それはあまりにバカげていた。若いころ希望のない恋におちた男のために、彼女は鬱と狂気に陥ってしまったのだ。今ではその男がどこにいるのかも知らないが、普通の若い女性のように、ゼドカも報われない愛を経験したいと思っていたのだ。

ところが、報われない愛をただ夢見ていた彼女の友人たちとは違って、ゼドカはさらに突き進むことにした。彼女はその夢を実現しようとしたのだ。彼は海の向こう側に暮らしていた。彼女は全財産を売却して、彼のもとへ渡った。彼は結婚していたが、彼女は愛人の立場に甘んじて、彼を自分の夫にするための策をひそかに練った。彼には自由になる時間はほとんどなかったが、彼女は安ホテルの部屋で何日も何夜も過ごし、彼がごく稀《まれ》にかけてくる電話を待つという生活に耐えた。

愛のためなら、全てを我慢するつもりだったが、その愛は報われなかった。彼は直接何も言わなかったが、ある日、ゼドカはもう自分が必要とされていないことに気づくと、スロベニアへと戻った。

彼女はほとんど何も食べず、一緒に過ごした時間の全てを、二人の楽しかった時間とベッドでの悦《よろこ》びを何度も何度も思い出しては数ヶ月を過ごし、二人の未来を信じさせてくれる拠《よ》り所をなんとか見出《みいだ》そうとしていた。友人たちは、彼女の健康を心配したが、ゼドカは心のどこかで、いずれ時が解決するものだと思っていた。人が成長するには犠牲を伴うものだ。そして彼女は文句ひとつ言わずにその代償を支払っていた。そして時は訪れた。ある朝、生きたいという強い意志とともに目覚めた。本当に久しぶりに、彼女はよく食べ、出かけて、仕事を見つけてきた。それだけでなく、彼女は他の女性たちがうらやむような、ハンサムで知的な若者の注意も惹《ひ》きつけた。一年後、二人は結婚した。

それは女友だちの嫉妬《しっと》と拍手の両方に迎えられた。二人は、庭からリュブリャーナを流れる川が望める住み心地のいい家に暮らし始めた。二人には子供もでき、夏はオーストリアやイタリアで過ごした。

スロベニアがユーゴスラビアから分離することに決めた時、夫は軍隊に召集された。ゼドカはセルビア人だった。ということは敵になる。彼女の人生は、崩壊寸前だった。それから緊迫した一〇日の間、両軍の対決を前にして、独立宣言の結果がどうなるのか、そのためにどれだけの血が流されるのかも分からない状態で、ゼドカはどれだけ夫を愛しているかに気づいた。彼女は、それまでは遠い存在だったが、今ではたった一つの希望になっていた神様にずっと祈り続けた。彼女は、夫さえ無事に返してくれるなら、聖人や天使に何でもすると約束した。

そしてそうなった。彼は戻ってきた。子供たちはスロベニアの言葉を教える学校へ通うことになり、戦争の脅威は隣のクロアチア共和国へと移っていった。

三年が過ぎた。ユーゴスラビアの、クロアチア相手の戦争はボスニアへと移り、セルビア人が手を下した殺戮《さつりく》についての報道が出回り始めた。ゼドカは、一握りの狂った男たちの愚行のために、全国民が犯罪者扱いされるのは不公平だと思った。彼女の人生は予期せぬ意味を持ち始めた。彼女は自分の国の人たちを勇気と誇りを持って擁護した。新聞に寄稿したり、テレビに出たり、会合を開いたりした。これらのことは何の結果ももたらさず、今でも、外国の人たちは、その惨事をまだセルビア人のせいにした。だが、ゼドカは自分の義務を果したことも、そんな厳しい時期に兄弟姉妹を見捨てられなかったことも分かっていた。彼女が信用できたのは、スロベニア人の夫と、彼女の子供たちと、双方のプロパガンダ・マシーンに操作されていない人たちだけだった。

ある晩、彼女は偉大なスロベニア詩人、プレシェレンの彫像の前を通り過ぎながら、彼の人生について考え始めた。三十四歳の時、彼は教会へ入ると、のちに情熱的な恋に落ちることになる思春期の女性、ジュリア・プリミッチと出逢《であ》った。昔の吟遊詩人のように、彼は、いつか彼女と結婚できることを願って、詩を書き始めた。

後で分かったことだが、ジュリアは、中流階級でも上の方の家族の娘で、教会の中でほんの少し見かける以外、プレシェレンが彼女に近づくことはできなかった。でもその出逢いは、彼が最高の詩を生み出す力となり、彼の名を伝説にした。リュブリャーナの小さな中央広場で、その詩人の彫像は、何かを見つめるように立っている。その視線を追えば、広場の反対側の家に彫られた女性の顔に気づくだろう。ジュリアはそこに住んでいた。その死後も、プレシェレンは永遠に、彼の叶《かな》わぬ愛を見つめている。

でも、もしもう少し頑張っていたらどうなっていたんだろう？

ゼドカの心臓は速くなり、それがもしかしたら何か悪いことの予兆で、子供たちが事故にでも巻き込まれたのかもしれないと思った。だが急いで家へ戻ると、子供たちはテレビを観ながらポップコーンを食べていた。

でも悲しみは終わらなかった。ゼドカは横になると、十二時間近く眠り、目が覚めても全く起きる気がしなかった。プレシェレンの物語は、二度と連絡してこなかった彼女の初恋の人のイメージを呼び覚ましたのだ。

ゼドカは自分に聞いた。わたしは十分頑張ったのかしら？　物事が自分の期待する通りになることを待つより、愛人としての役割を受け入れるべきだったんじゃないだろうか？わたしは自分の国の人のために戦ったのと同じエネルギーで、初めての愛のために戦ったのだろうか？

ゼドカは全てを出し切ったと自分を説得したが、悲しみが消えることはなかった。川のそばの家、愛する夫、テレビの前でポップコーンを食べている子供たちという、彼女にとって、以前は楽園だと思えたものが、少しずつ、地獄へと変わりつつあった。

今日、たくさんの霊的な旅と、高度に進化した存在との出逢いを経て、ゼドカは、それが全てナンセンスだったと理解できた。彼女は報われない愛を言い訳にして、彼女の送っていた人生との繋《つな》がりを断ち切ろうとした。自分が期待していた人生とはほど遠かったという理由で。

でも十二ヶ月前、状況はだいぶ違っていた。彼女はその遠い恋人を血眼になって探し、国際電話にものすごいお金を使ったが、彼はもう同じ街《まち》には住んではおらず、見つけるのは不可能だった。彼女は何通も速達で手紙を出したが、全て返送されてきた。彼女は彼のあらゆる友人たちに電話したが、誰もその消息を知らなかった。

彼女の夫は、何が起きているのか完全に把握していて、それが彼女をひどく苛立《いらだ》たせた。夫は少なくとも、何かしら疑いを持ち、癇癪《かんしゃく》を起こし、文句を言って、彼女を放り出すと脅してもよかったのだから。彼女は、国際電話の交換手や、郵便配達人、彼のガールフレンドたちも、無関心を装うために賄賂《わいろ》を受けているのだと信じ始めた。彼女は結婚した時にもらった宝石類を売り、飛行機のチケットを買って海の向こうに渡ろうとした。アメリカはとても大きな国で、どう探すつもりか分からないなら行く意味がないと、誰かが説得するまでは。

ある晩、彼女は横になると、今までにないくらい愛に苦悩していた。リュブリャーナの退屈な日常に戻ってきた時よりもひどく。彼女はその夜と、それから二日間を部屋から出ずに過ごした。三日目になって、あまりにやさしい、彼女のことを心配していた夫が、医者を呼んだ。彼は本当に分かっていたのだろうか、ゼドカがもう一人の男を探し出して、浮気して、立派な妻としての人生を誰かの愛人になることと交換しようとしていたことを、リュブリャーナの家と自分の子供たちから永遠に去ろうとしていたことを。

医者が到着した。彼女はヒステリーを起こして、鍵《かぎ》を締め、医者が帰るまでドアを開けなかった。その一週間後、彼女はベッドから出るのに十分な意志の力もなくなり、ベッドをトイレ代わりに使うようになった。彼女はもう考えることもなくなり、頭は完全に、自分と同じように彼女を探して途方に暮れている男についての妄想の断片で、いっぱいになっていた。

彼女のむかつくくらいに寛容な夫は、シーツを換え、髪を梳《と》かしてやり、最後には全て大丈夫になるから、と言った。子供たちはもう彼女の寝室には入ってこなくなった。彼女がなんの理由もなく、一人をひっぱたいてから、跪《ひざまず》き、その足にキスして、許しを乞《こ》い、彼女の絶望と後悔を分かってもらおうと、ナイトドレスをぼろぼろに引き裂いてからは。

それから、与えられた食事を吐き出し、何度となく、現実から出たり戻ったりして、夜は全く眠らずに昼はずっと眠るという一週間を過ごしたあと、二人の男がノックもせずに、彼女の部屋へ入ってきた。一人が彼女を押さえつけ、その間にもう一人が注射をすると、彼女はヴィレットで目を覚ました。

「鬱病《うつびょう》ですな」と医者が夫に言うのが聞こえた。「時々、これは本当につまらないことで引き起こされたりするんです。例えば、セロトニンという化学物質が、体内に足りなかったりする時に」

病棟の天井から、ゼドカは、注射器を手に看護師が近づいてくるのを眺めていた。ベロニカは棒立ちのままで、空っぽな視線に恐怖を覚えながらも、ゼドカの身体に話しかけていた。ゼドカは、ほんの少し、起こっていることを全て彼女に話そうかとも考えたが、すぐにやめた。人は教わって学ぶことなどほとんどない。ただ自分で見つけるしかないのだ。

看護師はゼドカの腕に針を刺し、ブドウ糖を注入した。まるで巨大な腕に摑《つか》まれたように、彼女の魂は天井から消えて、暗いトンネルをびゅんとくぐり抜け、身体に戻っていた。

「ベロニカ」

少女は怖がってるように見えた。

「大丈夫なの？」

「ええ、大丈夫よ。幸運にも、わたしはこの危険な治療を生き残ることができたし、もう繰り返されることはないわ」

「どうして分かるの？　ここでは、誰も患者の意志を尊重なんかしないのよ」

ゼドカは知っていた。霊的な旅の間、彼女は確かにイゴール博士の診察室を訪れていたから。

「どうしてか説明できないわ。ただ知ってるだけよ。わたしが一番最初に聞いた質問を覚えてる?」

「ええ、狂ってるってことがどういうことか分かるかって」

「そうよ。今度は、もう物語ではぐらかさないわ。狂気とはね、自分の考えを伝える力がないことよ。まるで外国にいて、周りで起こってることは全て見えるし、理解もできるのに、みんなが話してる言葉が分からないから、知りたいことを説明することもできず、助けを乞《こ》うこともできないようなものよ」

「わたしたちはみんなそう感じてるわ」

「だからわたしたちはみんな、なんらかのかたちで、狂ってるのよ」

鉄格子の窓の外で、空は星で溢《あふ》れ、月は新月で、山脈の後ろに昇っていた。詩人たちは満月を愛し、それについて何千という詩を書いてきたが、ベロニカが一番好きなのは新月だった。成長し、膨らみながら、再び欠け始める前にその全身を使って、光り輝く可能性を感じさせてくれるからだ。

彼女はラウンジのピアノのところへ行って、その夜を、学校で習った素敵なソナタでお祝いしたい気分だった。空を見上げると、まるで無限なる宇宙が、その永遠性を彼女の前に晒《さら》してくれたようで、彼女は、説明できない気持ちよさでいっぱいになっていた。でも、彼女の願いは、鉄の扉といつも際限なく本を読んでいる女性によって遮られていた。それに、夜のそんな時間にピアノを弾く人はなく、近所を起こしてしまうかもしれなかった。

ベロニカは笑った。だって〝近所〟は、狂人でいっぱいの病棟のことで、彼らはそれぞれ、眠らせられるためにクスリ漬けだったのだから。

ベロニカの心地よさは続いた。彼女は起き上がって、ゼドカのベッドへ行ったが、彼女もぐっすり眠っていた。もしかしたら、ひどい体験から立ち直るために休んでるのかもしれなかった。

「早くベッドに戻りなさい」と看護師が言った。「いい子は天使や恋人の夢を見るものよ」

「わたしを子供みたいにあしらおうとしないで。全てを怖がる、従順な精神病女じゃないんだから。わたしは、狂っていて、ヒステリーで、自分の人生どころか、他人の人生もどうとも思ってないのよ。とにかく、今日は機嫌が悪いの。月を見たから、誰かと話したいの」

看護師は彼女の方を見た。その反応に驚いて。

「わたしが怖いの？」とベロニカは聞いた。「わたしは数日後には死ぬんだから、何も失うものはないでしょ？」

「それなら散歩に出かけて、わたしには最後まで読書を続けさせてくれないかしら？」

「ここは監獄で、本を読んでるふりをしてる看守がいて、彼女はみんなに自分が知性的な女だって思わせようとしてるのよ。でも本当は病棟の全ての動きを見張っていて、ドアの鍵《かぎ》を、宝物のように守ってる。それは規則で決まってることだから、彼女は従うの。そうすれば夫と子供たちと一緒の日常にはない権威があるふりをできるからよ」

ベロニカは、なぜかよく分からずに、震えていた。

「鍵？」と看護師は言った。「ドアはいつでも開いてるわよ。こんなにたくさんの精神病患者と一緒に閉じ込められていたいと思う？」

ドアが開いているってどういう意味？　数日前に、わたしがここから出たかった時、この女は一緒にトイレまでついてきたのよ。全くなにを言ってるの？

「あまりわたしをまともに取らないで」と看護師は言った。「実際、ここではほとんど警備なんか必要ないの。あの鎮静剤の量を考えればね。あなた、震えてるのね。寒いの？」

「分からないわ。たぶん心臓のせいだと思うけど」

「もし行きたければ、散歩に行ってきてもいいのよ」

「本当はピアノが弾きたいの」

「ラウンジは結構離れてるから、ピアノを弾いても誰の邪魔にもならないわ。好きなようにしなさい」

ベロニカの震えは、低い、弱気な、嗚咽《おえつ》に変わっていた。彼女は膝《ひざ》をつき、看護師の膝に顔をうずめて、ひたすら泣き続けた。

看護師は本を置くと、ベロニカの髪を撫《な》でて、悲しみと涙を自然に表現できるようにしてあげた。二人はそこでほとんど三〇分ほど、一人は泣き、一人は慰めながら、どちらもどうしてそんなことをしているのか分からないまま座っていた。

涙はようやく止まった。看護師は彼女が起き上がるのを助けると、腕を支えて、ドアまで連れていってあげた。

「あなたと同じくらいの年齢の娘がいるの。あなたが初めて、点滴とチューブをたくさん付けて、ここへ入ってきた時、どうして、将来のあるこんなに若い女の子が自殺したいと思うのか考えてたの。すると、そのうちいろんな噂が飛び交うようになったわ。わたしはそれが本当の理由だと思わなかったけど、あなたが残した手紙のこととか、治癒できない心臓の病のためにもう長くは生きられないといったこととかね。わたしは自分の娘のことが頭から離れなかったの。もし娘がそんなことをしようと思い立ったら？　どうしてある人たちは、どんなことがあっても生きるために戦うという、自然の法則に逆らうのかって」

「だから泣いてたのよ」とベロニカは言った。「クスリを飲んだ時、わたしは嫌いな人を殺そうと思ったの。自分の中に別のベロニカが存在してるなんて知らなかったの。わたしにも愛せるベロニカが」

「どうして自分を嫌いになんかなれるの？」

「臆病《おくびょう》だからかしら。それとも間違いを犯すことや、人が期待してる通りにできないことへの永遠の不安のせいかも。数分前、わたしは幸せだったわ。自分が死を宣告されてるなんて忘れてたの。だけど、自分の置かれてる状況を思い出した時、突然怖くなったの」

看護師がドアを開けると、ベロニカは外へ出た。

どうしてわたしにあんなことが聞けるの？　わたしがなぜ泣いているか知って何になる

の？　今では手遅れだけど、わたしが本当に普通の人間で、みんなと同じように欲望や恐怖も感じるし、あんな質問をしたら、パニックに陥ってしまうことも分からなかったの？

病棟と同じ、明かりに照らされた廊下を歩きながら、ベロニカは本当にもう遅すぎることに気づいた。彼女はもう怖さを抑えきれなくなっていた。

「自分を抑えなければ。わたしは、自分の決めたことに従い、最後までちゃんとやり遂げる人だったじゃない」

彼女が、自分の人生の中でたくさんのことを、その最後の結末まで見届けてきたことは本当だった。でも、それはあまり重要でないことばかりだった。謝ればすぐ解決できる言い争いを引き延ばしたことや、単にもううまく行きそうにないという理由から愛していた人に電話しなかったこととか。彼女は簡単なことには頑固だった。まるで自分がどれだけ強く、無関心でいられるかを自分に証明しようとしていたみたいに。本当は、優秀な学生だったことも、学校のスポーツで秀でたこともなく、家庭で争い事なしに過ごしたこともない、ただの傷つきやすい女だったくせに。

彼女は、小さな欠点は克服したが、本当に大切なことでは打ち負かされていた。完全に自立しているように見せてきたけど、実は、人と一緒にいることを必要としていた。彼女が部屋に入ると、みんな彼女の方を見たが、夜はほとんど必ず、修道院でチャンネルを合わせることもないテレビを観ながら、一人で過ごした。彼女は友だちのみんなに、人も羨《うらや》むような女性という印象を与えたが、自分で作り上げた虚像に合わせて行動することにエネルギーの大半を費やすようになっていた。

そのため、彼女には自分らしく生きるための十分なエネルギーが残っていなかった。みんなのように、幸せになるために誰か他の人が必要だったのに。でも他の人たちはあまりに難解だった。彼らは予想もできない反応をした。防御壁で自分を囲い、全てがどうでもいいかのように振る舞った。誰か人生によりオープンな人が登場すると、彼らはすぐに拒絶するか、自分より劣るものと見なしてその人を苦しめた。〝無邪気だ〟とけなして。

彼女はその活力と決意で多くの人を驚かせたかもしれないが、それは彼女をどこへ導いたのか？　暗闇の中へだ。たった独りで。ヴィレットに。こんな死の待合室に。

自殺未遂への後悔が再び首を擡《もた》げてきたが、彼女はまた毅然《きぜん》とわきへ押しやった。今、彼女はこれまで自分に考えることを許さなかったものを感じていた。憎悪だ。

憎悪。それは壁や、ピアノや、看護師と同じくらい物理的なものだ。彼女は身体から洩《も》れ始めている破壊的なエネルギーに触れられるほどだった。彼女は、よくも悪くも、感情が沸き上がるに委《まか》せた。彼女は自制に、仮面に、適切な振る舞いに、飽き飽きしていた。ベロニカは人生の残りの二、三日を、できるだけ不適切に過ごしたいと思った。

彼女はまず老人の顔をひっぱたくことから始め、ナースの目の前で泣きじゃくり、ただ独りになりたいだけの時に、無理して人にやさしくしたり人と口をきくことを拒否した。

今では嫌悪感まで感じるほど自由だったが、周りの全てのものを破壊してしまい、残された人生を鎮静剤と病棟のベッドの中で過ごすようなことにならないようには気をつけた。

その瞬間、彼女は全てに憎悪を感じていた。自分自身にも、世界にも、目の前の椅子にも、廊下の壊れたオイルヒーターにも、完璧《かんぺき》な人たちにも、犯罪者にも。彼女は精神病院にいたので、ただ愛し、受け入れ、問題を回避する道を探し、衝突を避けるよう育てられてきた人々が、ふだんは隠している感情を感じることが許された。ベロニカは全てが嫌いだったが、主に自分の今までの生き方が大嫌いだった。自分の中の、おもしろく、異常で、好奇心旺盛《おうせい》で、勇敢で、毅然としている、何百というベロニカを一度も見つけ出そうとしなかったからだ。

それから、彼女は世界中で一番好きな人に対して憎悪を感じるようになった。自分の母親にだ。一日中働き、夜は皿を洗うすばらしい奥さんで、自分の娘がいい教育を受けられるようにし、ピアノとバイオリンが弾けるようにし、お姫様のようにおしゃれをさせ、最新のスニーカーやジーンズを持たせ、自分にはもう何年も着ていた使い古しのドレスを修繕しては、人生を犠牲にしてきた母親に。

「わたしに愛情ばかり与えてくれた人を、どうして嫌いになれるっていうの？」とベロニカは混乱し、自分の感情を確認しようとした。でも、もう手遅れだった。彼女の憎悪は解き放たれてしまった。彼女は自分の地獄へのドアを開いた。彼女は与えられた愛を嫌った。

それは何の見返りも期待しなかったから。そんなことはバカげていて、現実的でなく、自然の法則に逆らっていた。

見返りを何も期待しない愛情は、彼女を罪悪感と相手の期待に応《こた》えたいという欲求で満たした。そのために自分が夢見てきたことを全て諦《あきら》めることになったとしても。それは、世の中に存在する困難や堕落から、彼女を庇《かば》おうとするような愛だった。いつか、彼女がそれらのことに直面し、その時には全く身を守れなくなるだろうということを無視して。

それなら彼女の父親はどうだ？　彼女は父親のことも嫌いだった。いつも仕事ばかりしていた母親と違って、生きることを知っていて、彼女をバーや劇場へ連れていってくれ、一緒に楽しんだ。父親がまだ若かった頃、彼女は彼を秘《ひそ》かに愛していた。父親としてというよりも、一人の男として。彼女が彼を嫌いだったのは、母親以外の人にはすごくチャーミングで、すごくオープンだったからだ。母親こそ本当はそういう扱いを受けるべきたった一人の人だったのに。

彼女は全てが嫌いだった。人生の解説に溢《あふ》れた本が山のようにある図書館、先生や数学者以外で、幸せでいるために代数を必要とする人なんて一人もいないのに、代数を覚えるよう一晩中、無理に勉強させた学校も嫌いだった。どうしてあんなに、代数やら幾何なんて無駄なものを勉強させたりしたんだろう？

ベロニカはラウンジへのドアを開けて、ピアノへ向かうと、蓋《ふた》を開けて、できるだけの力を込めて、鍵盤《けんばん》を叩《たた》いた。過激で、耳障りな不協和音が空っぽの部屋で反響し、壁でバウンドして、彼女の魂を引き裂くような甲高い音となって戻ってきた。だがそれはその時の彼女の魂の状態を的確に表わしていた。

彼女がもう一度、鍵盤を叩くと、不協和音が彼女の周りに反響した。

「わたしは異常なのよ。こういうことをしても許されるの。憎しんでもいいし、ピアノをガンガン叩いてもいいの。精神病患者がちゃんとした順番で音を弾いたことなんてある?」

彼女はまたピアノを鳴らした。一回、二回、一〇回、二〇回と、その度に、彼女の憎悪は減っていくようで、最終的には完全に消えてしまった。

それからもう一度、ベロニカの心を深い平和が流れ、彼女はもう一度、大好きな星空と、やさしい光で部屋を満たしている新月を見上げた。無限と永遠のイメージが手に手を取って戻ってきた。それはひとつだけでも十分だった。例えば、無限の宇宙、他者の存在を感じること、終わりのない時間、永遠に過ぎることのない時間、現在に止《とど》まり続ける時間、生命の秘密が隠されている時間、あの病棟から部屋へ歩いていた間、あまりの憎悪を心から感じていたために、心にはもう何の憎しみも残っていなかった。彼女はやっと否定的な感情をおもてに出すことができた。もう何年も自分の心の中に抑えつけてきた感情を。実際に感じてみて、彼女はもうそれを必要としなくなった。もう捨ててもよくなった。

彼女は何も言わずにそこに座り、今という瞬間を楽しんで、憎悪が去った後の空っぽの空間を愛が満たすに委せた。その瞬間が来たと感じた時、彼女は月に向かって、そのオマージュとしてソナタを弾いた。それを聴いた月が、誇りに思ってくれ、それが星たちの嫉《しっ》妬《と》を誘うことは知っていた。それから彼女は、星たちのために、庭のために、暗闇の中で見えないものの、そこにあると分かっていた山々のためにも音楽を奏でた。

庭のために弾いている間、精神病患者で、もはや治療の余地のないエドアードがやってきた。彼のことはべつに怖くなかったし、逆に彼女が笑いかけると、驚いたことに、彼も笑いかけてきた。

音楽は彼の遠く離れた世界にも侵入した。それは月よりも遠かった。奇跡を起こしたのだ。

「新しいキー・リングを買わないとな」とイゴール博士は、ヴィレットの小さな診察室を開けながら考えていた。前のはもうぼろぼろで、ちょうど飾りの小さな金属の盾が、床に落ちたところだった。

イゴール博士はしゃがんで、それを拾いあげた。このリュブリャーナの紋章のついた盾はどうしたもんだろう? 捨ててしまってもいいし、修理に出して、新しい革のストラップを付けてもらうか、甥《おい》っこにおもちゃとしてあげてもいい。でも、どっちの案も、同じくらいバカげていると思った。キー・リングはそんなに高いものじゃないし、彼の甥も、別に盾になんか興味はなかった。彼はずっとテレビを観て過ごすか、イタリアから輸入された電子玩具《おもちゃ》で遊んでいた。でも、イゴール博士はそれをまだ捨てる気にはなれなくて、またポケットにしまった。また後でどうするか決めればいい。

それこそが、彼が病院の院長であって、患者ではないゆえんだった。決断する前にたくさん考えたからだ。

彼は明かりをつけた。冬が近づくに連れて、夜明けはさらに遅くなった。引っ越し、離婚、光の欠乏が、鬱病《うつびょう》の症状が増える主な理由だった。イゴール博士は、春が早くやってきて、彼の問題の半分を解決してくれることを願った。

彼はその日、日誌を見て過ごした。エドアードが空腹で死んでしまうのを防がなくてはならなかった。彼は多重人格症で、その行動は予想もつかなかった。そして今度は食べることを放棄してしまったのだ。イゴール博士はすでに点滴を処方したが、ずっとそうするわけにもいかない。エドアードは二十八歳の元気な若者だが、点滴をしていても、そのうち痩《や》せていくだろう。どんどん、どんどん、骸骨《がいこつ》みたいに。

エドアードの父親はどう思うだろう？　彼は新しいスロベニア共和国で最もよく知られた外交官だ。彼は一九九〇年初頭に、対ユーゴスラビアの微妙な話し合いを行なった人たちの一人だった。彼は結局、ベオグラードの政府のために何年も働き、敵のために動いていると非難中傷する者たちをかわして生き残り、現在も外交局にいた。ただし、今では違う国を代表していた。力強く、影響力のある男で、誰もが彼を怖れていた。

イゴール博士は一瞬、キー・リングの盾の心配をしたときのように不安になったが、すぐにその考えを追い払った。外交官にとって、彼の息子が健康に見えるかどうかということは問題ではなかった。息子を公式の行事に連れていったり、政府の代表として派遣された世界中の各地へ連れていくつもりもなかった。エドアードはヴィレットにいたし、これからもここにいるだろう。彼の父親が、景気のよい、高額な給料をもらい続けている限りは。

イゴール博士は、点滴を止めてみることにした。そしてエドアードをもう少し痩せさせて、彼が自分から食べたくなるまで待つことにした。もし状況がよりひどくなったら、彼はレポートを書いて、ヴィレットを管理している医師会に責任を擦《なす》りつけようと思った。〝問題を避ける一番の方法は、責任を分け合うことだ〟と彼の父親が教えてくれた。父親もまた医者だった。そして何度も死人を抱えたことはあれど、警察沙汰《ざた》になったことはなかった。イゴール博士はエドアードの治療を指示すると、次の患者に移った。診断書によれば、ゼドカ・メンデルは治療コースを終了しており、退院を許可できる状態だった。イゴール博士は、自分の目で確かめたかった。ヴィレットに入っていた患者の家族から苦情が出ることほど、いやなことはなかった。精神病院で一定期間過ごしたことのある患者が、普通の生活に再び慣れることは稀《まれ》だったから、たいていそういうことになったのだが。

この病院のせいではなかったし、世界中のどの病院のせいでもなかった。慣れることが問題なのは、どこでも同じだった。刑務所で人が本当に更正することなどないように。刑務所では、もっと犯罪を犯すことを教えるだけだ。そして病院も、患者を全く現実的でない世界に慣れさせてしまうだけなのだ。何でも許され、誰も自分の行動に責任を取らなくてもいい空間に。

出口は一つしかなかった。狂気に対する特効薬を見つけること。イゴール博士はそれに心も魂も注いで、精神医療界の革命となる論文を練っていた。精神病院では、不治の病を持つ患者と一緒に暮らす一時的な患者は、一度始まってしまえば止めるのは不可能なくらい、社会的に堕落する方向へと突き進む。ゼドカ・メンデルもいつかまた病院へ戻ってくる。今度は自分の意志で、存在もしない病気の文句を言いながら、外の世界の人間より彼女を理解してくれそうな人たちの近くにいるために。

だが、もし、狂気の原因だとイゴール博士が信じていた、ヴィトリオルという毒に対抗する方法さえ見つかれば、彼の名は歴史に残り、人々はようやくスロベニアがどこにあるのか知ることになるだろう。その週、彼は自殺未遂という、天からの機会を授かった。どんなにお金を積まれても、この機会だけは無駄にしたくなかった。イゴール博士は幸せな気分になった。経済的な理由から、例えばインシュリン・ショックのような、長年、医学界で禁止されてきた治療法を受け入れざるを得なかったにも拘《かかわ》らず、同じ経済的な理由が、ヴィレットでの新しい治療法の研究の裏にあった。彼は、ヴィトリオルの研究を続けるための時間と人材を揃えるのと同時に、自分たちをクラブと呼ぶ一団を病院に置いておくための許可をオーナーたちから得ていた。施設の株主たちは、厳密に必要とされるよりも長い期間の入院を見過ごした。勧めたのでなく、見過ごした、というところを誤解のないように。彼らは人道的な理由から、新しく治療の済んだ者たちに、いつ世の中に戻るかを自分で決めるオプションを与えるべきだと話し合った。それにより、同じような興味や視点を持つ者の集う高級ホテルやクラブのように、ヴィレットに残ろうとする人たちのグループが現れた。そういうわけで、イゴール博士は、精神病患者と、正気の人たちを同じ場所に置き、後者が、前者に前向きな影響があるようにした。全てが堕落するのを防ぎ、狂った者が、すでに治った者へ悪影響を与えないようにするため、クラブの全てのメンバーは一日に最低一回は病院から外へ出なければならなかった。

イゴール博士は、病院に健康な人を置いておくことを許した株主たちの〝人道的〟だという理由が、言い訳に過ぎないことを知っていた。彼らは、スロベニアの小さくもチャーミングな首都リュブリャーナに、この高価でモダンな建物を維持するだけの、狂った金持ちが十分にいないことを気にかけていた。それに、国の福祉システムが、第一級の精神病院をいくつか経営していたから、ヴィレットは精神医療市場では不利に立たされていた。株主が古いバラックを病院に改造した時、彼らが狙いをつけたマーケットは、ユーゴスラビアとの戦争に影響を受けそうな男女だった。だが、戦争は短かった。株主たちは、また戦争になると確信していたが、結局はそうならなかった。

そのうえ最新の調査結果によれば、戦争時には確かに精神的な犠牲者がいるものの、ストレス、退屈、先天的な病気、寂しさ、拒絶による犠牲者よりはずっと少なかった。コミュニティが大きな問題に直面する時、例えば、戦争、超インフレ、疫病などだが、自殺者数にはほんの少し増加が見られるものの、鬱病やパラノイアや精神病の患者数は確実に減少する。患者の数は、問題が克服されればすぐにいつもの数値に戻ることから、イゴール博士によれば、人は狂うという贅沢《ぜいたく》を、そうできる立場にいる時だけ許す、のである。

博士の目の前にはもう一つ調査結果があり、今度は、アメリカの新聞が最高の生活水準として選んだカナダのものだった。イゴール博士は読んでみた。

〈カナダ統計〉によると、十五歳から三十四歳までの四〇%と、三十五歳から五十四歳までの三三%と、五十五歳から六十四歳までの二〇%の人たちは、すでに、ある種の精神病に苦しんでいた。五人に一人が、ある種の精神障害に苦しみ、八人に一人のカナダ人が、一生に一度は精神的な問題のために入院することになっている。

「我々より、マーケットが大きいな」と彼は思った。「人は幸せであればあるほど、不幸せなものなんだ」

イゴール博士はさらにいくつかの状況を分析し、委員会に提出すべきものと、一人で片づけた方がいいものとを、慎重に選んだ。終わった頃にはすでに一日が始まっており、彼は明かりを消した。

彼はすぐに最初に予定していた面会人を呼ぶように伝えた。自殺しようとした患者の母親だった。「ベロニカの母親です。わたしの娘はどうなんですか？」

イゴール博士は、本当のことを話して、後で驚いていやな思いなどしなくても済むようにするべきかどうか迷った。彼にも同じ名前の娘がいるわけだし。でも彼は、何も言わない方がいいという結論に達した。

「まだ何も分からないんです」と彼は嘘をついた。「もう一週間必要です」

「どうしてベロニカがあんなことをしたのか分からないんです」と母親は涙ぐみながら言った。「わたしたちは親として常に愛情を注いできましたし、あの子にできる限りの最高の環境を与えるために全てを犠牲にしてきたんです。わたしと夫も、いろいろありましたが、困難の中でもなんとか持ちこたえて、やっと家族を保ってきたんです。彼女はちゃんとした仕事にも就いてますし、器量もいいのに、それでも……」

「……それでも自殺しようとしたんですね」とイゴール博士は言った。「驚くことはないんです。しょうがないことですから。人は幸せだけでは満足できないんです。もしよければ、カナダの数値を見せましょうか？」

「カナダですか？」

母親は驚いているようだった。イゴール博士は、うまく彼女の注意を逸《そ》らすことができたことを見て、そのまま続けた。

「あなたは、娘さんがどうしてるのかを聞きにきたというより、彼女が自殺しようとしたことを謝ろうとしてるんですね。彼女は何歳ですか？」

「二十四です」

「それじゃ、自分が何をほしいのか分かっていて、自分のことは自分で選択できる、成熟した、経験を積んだ女性なわけですね。なのに、あなたの結婚生活と、あなたと夫が払った犠牲とどんな関係があるんです？　もう何年、彼女は一人で住んでるんです？」

「六年です」

「そら、ごらんなさい。彼女は基本的に自由なんです。でも、あるオーストリア人の医者……ジークムント・フロイト、彼のことは聞いたことあるでしょう。彼は、親子間の不健康な関係について書いているんです。人は全てを自分のせいにしてしまう、と。インド人が、殺人者となった息子は、両親の子育ての犠牲者だと信じてると思いますか？　どうですか？」

「なんのことだか分からないわ」と、医者の態度にただ驚くしかない母親は答えた。彼もまた患者に感化されているのかもしれなかった。

「じゃ、教えてあげましょう」とイゴール博士は言った。「インド人は、社会でも、両親でも、先祖でもなく、その殺人者本人のせいだと信じてるんです。自分たちの息子がドラッグをやり、街《まち》へ出て人を撃ちまくれば、日本人は自殺しますか？　答えは同じで、ノーです。我々がみな知っているように、日本人はすぐに自殺してしまうというのに。この前なんか、日本人の若者が、大学入試に失敗したという理由で自殺してるんです」

「娘と会えますか？」と、日本人にも、インド人にも、カナダ人にも興味のなかった母親は言った。

「ええ、もちろん、すぐに」とイゴール博士は、彼女の邪魔に少し苛立《いらだ》ちながら答えた。「でもまず、一つだけ理解してほしいんです。ある重い異常な症状を除けば、人は日常の繰り返しから逃げる時だけに、おかしくなってしまうのです。分かりますか？」

「ええ」と彼女は答えた。「それにもし、わたしが彼女の面倒を見ることができないと思ってるのなら、安心していいわ。わたしは人生を変えようとしたことがないもの」

「いいでしょう」イゴール博士は安心したようだ。「例えば、人生で毎日同じことを繰り返さなくてもいい世界を想像できますか？　もし、例えば、我々がおなかが空《す》いた時にだけ食べることにしたら、主婦やレストランはどうなるでしょう？」

「おなかが空いた時にだけ食べるのが、普通のことになるわね」と母親は思ったが、何も言わなかった。ベロニカに会わせてもらえなくなるのではないかと思って。

「まあ、とてつもない混乱を引き起こすでしょうね」と彼女はようやく言った。「わたし自身も主婦ですから。それはよく分かりますわ」

「だから我々は朝食、ランチ、ディナーを食べますね。毎日ある時間に起きて、一週間に一回休息しなければならないんです。クリスマスは、我々がプレゼントを交換するために、イースターは、湖で数日過ごすために存在します。もし、あなたの旦那《だんな》さんが、突然、情熱的な衝動に駆られて、いきなりリビングでセックスしたいって言い始めたらどうします?」

彼女は思った。「この男は一体なにを言ってるの? わたしは娘に会いにきたのよ」

「それはとても悲しいことだと思います」と彼女は、答えを間違えてないことを祈って、慎重に言葉を選んだ。

「すばらしい」とイゴール博士が吠《ほ》えた。「愛を交わすには寝室が一番適切です。他でセックスをすれば、それは悪い例になり、無政府主義を広めることになります」

「娘に会わせて頂けますか?」と母親は言った。

イゴール博士は諦《あきら》めた。この田舎者は、彼の言っていることを永久に理解できないだろう。彼女は狂気を、哲学的な観点から論じることに興味がなかった。彼女の娘が、危険な自殺未遂を犯して、昏睡《こんすい》状態にいたというのに。

彼がベルを鳴らすと、秘書が顔を出した。

「自殺未遂の若い女性を呼んでください」と彼は言った。「あの雑誌に手紙を書き送った、スロベニアを世界に知らしめるために自殺すると言った人ですよ」

「母親には会いたくないの。外の世界と完全に繋《つな》がりを断つことにしたから」

みんながいるラウンジでそう言うのは大変だった。でも看護師は特に小さな声で伝えるでもなく、大きな声で、彼女の母親が会うのを待っていると言い放った。まるでそれがみんなの関心事であるみたいに。

彼女は母親に会いたくなかった。二人とも落ち込むだけだ。自分は死んだと母親は思うべきだ。ベロニカはいつもさよならが嫌いだった。

エドアードは来た時と同じように消えて、彼女はまた山を眺めるのに戻った。一週間ぶりに、ようやく太陽が戻っていた。ピアノを弾いている時に月が教えてくれたから、彼女は前の晩に、そうなることを知っていた。

「でも、そんなのおかしいわ。おかしくなってきてるのよ。惑星は口をきかないわ。話すとしても我流の占星術師にだけよ。もし月が誰かに語りかけるとしたら、あの多重人格者にだわ」

そう思った瞬間、彼女は胸に強い痛みを感じ、腕の感覚を失った。ベロニカは頭がぐるぐる回るのを感じた。心臓発作だ！

彼女はなんだか嬉《うれ》しくなった。まるで死が、死ぬことの恐怖から解放してくれたみたいで。もう終わりだ。また痛みを感じるかもしれないけど、永遠の平和が手に入るなら、五分の苦痛がなんだというのだろう？　できるのは、目を閉じることだけだった。映画で、彼女が一番嫌いだったのは、中空を見つめる死人の目だった。

だが心臓発作は、彼女の考えていたものとは違った。呼吸は苦しくなり、彼女は最も恐れていたことを経験することになると気づいて、凍りついた。窒息死だ。彼女は生き埋めにされるみたいに死のうとしていた。もしくは、突然、海に突き落とされて沈んでいくように。

彼女は躓《つまず》いて、転び、顔に強い痛みを感じながらも、必死に呼吸しようと頑張ったが、空気は入ってこなかった。最悪なことに、死はやってこなかった。彼女は周りで起きていることを完全に把握していて、まだ色や形が見えていた。他の人たちがなんて言っているのかはほとんど聞き取れなかった。叫び声や感嘆は遠く感じられた。まるで違う世界から聞こえてくるように。それ以外は、全てリアルだった。空気は彼女の肺に入ってこなかった。彼女の肺と筋肉は言うことを聞かなかったが、それでも意識は失わなかった。

彼女は誰かが自分に触れて、裏返すのを感じたが、今度は目の動きもコントロールできなくなった。狂ったように瞬《まばた》きを繰り返すと、脳には何千という違うイメージが送り込まれ、窒息しそうな感覚と、完璧《かんぺき》な映像的混乱の感覚とが一緒くたになっていた。

しばらくして、その映像も遠のいていき、苦しさがピークに達したその時、ようやく空気が肺に流れこみ、部屋中の人が恐怖で凍りつくほどの、とてつもない音を出した。

ベロニカは思いきり吐き始めた。ほとんど悲劇としか言いようのない状況が過ぎると、そこにいた狂人たちが笑い始め、彼女は恥ずかしくて、どうしていいかも分からず、身動きできなくなっていた。

看護師が駆け足で入ってきて、腕に注射した。

「大丈夫だよ。落ち着いて。もう終わったんだ」

「どうして死なないの！」と彼女は叫び始めた。他の患者たちに向かって這《は》い回り、自分の嘔吐《おうと》物で床や家具を汚していった。「わたしはまだこのクソみたいな病院にいて、あんたたちと一緒に生きていかなきゃなんないのよ。毎日、毎晩。そして誰一人として、わたしに少しの憐《あわ》れみも感じないのよ」

彼女は看護師の方へ回り込み、彼の手から注射器を奪うと、庭へ放り投げてしまった。

「あなたは何がほしいの？　毒でも注射すればいいじゃない。わたしはどうせ死の宣告を受けたんだから。どうしたらそこまで非情になれるの？」

もうそれ以上、自分をコントロールできなくなり、彼女は再び床に腰を下ろして涙を流し始めると、叫び、大声で泣きじゃくった。患者たちの数人は笑い、彼女の汚れてしまった衣服をからかった。

「早く鎮静剤を打つんだ」と医者が急いで入ってきて言った。「早くこの状況をコントロールするんだ」

でも看護師は、その場に凍りついていた。医者は一度出て行くと、注射器を手に、二人の看護師と一緒に戻ってきた。男たちが、部屋の真ん中で苦しんでいたヒステリーの女の子を捕まえると、医者が、彼女の嘔吐物だらけの腕に鎮静剤を最後の一滴まで注射した。

彼女はイゴール博士の診察室で、清潔なシーツを敷いた真っ白いベッドに横たわっていた。

博士は彼女の心音を聞いていた。彼女はまだ寝ているふりをしていたが、医者が呟《つぶや》いていた言葉を聞いて、彼女の中で何かが変わったようだ。

「心配しなくていいよ。きみの健康状態なら、一〇〇歳まで生きられるよ」

ベロニカは目を開けた。誰かに洋服を脱がされたようだ。誰に？　イゴール博士に？

彼が彼女の裸を見たってこと？　彼女の頭はまともに動いてなかった。

「今、なんて？」

「心配しなくていいって言ったんだよ」

「いいえ、わたしが一〇〇歳まで生きられるって言ったわ」

医者は自分のデスクの方へ行った。

「わたしが一〇〇歳まで生きられるって言いましたよね」とベロニカはもう一度言ってみた。

「医学では確かなものなんてないんだよ」とイゴール博士は取り繕おうとした。「どんなことだって起こり得るんだ」

「どうです、わたしの心臓は？」

「同じだよ」

彼女はもう何も聞く必要がなかった。重い症状を前にした時、医者はいつも「一〇〇歳まで生きられる」とか「特に悪いところはないよ」とか「少女のような心臓と血圧だ」とか「検査をやり直さなければ」と言う。患者が診察室で発狂するんじゃないかと怖くなるんだろう。

彼女は起き上がろうとしたが、うまくできなかった。すぐに部屋全体が回り始めた。

「もう少し寝てなさい。少し気分がよくなるまで。べつにわたしは構わないから」

よく言うわ、と彼女は思った。でもこっちがいやって言ったら？


熟練した医師であるイゴール博士は、しばらく静かにして、デスクで新聞を読むふりをしていた。人と一緒にいるのに、相手が何も言わない時、人はそんな状況に苛立《いらだ》ち、緊張し、堪え難くなる。イゴール博士は、狂気についての論文と、研究していた治療のためのデータを集められるように、ベロニカがしゃべり始めてくれないかと思っていた。

でもベロニカは一言も話さなかった。「まだ高濃度のヴィトリオル中毒に苦しんでるのかもしれない」とイゴール博士は思い、苛立ち、緊張し、堪え難くなった沈黙を破ってみることにした。

「ピアノを弾くのが好きなようだね」と彼はできるだけさりげなさを装って言った。

「それに狂人たちも楽しんでるみたいよ。昨日、完全に虜《とりこ》になって聴いてる男がいたから」

「エドアードだね。それがどれだけ楽しかったか誰かに話していたようだよ。彼もまた普通に食べ始めるかもしれないな」

「多重人格の音楽愛好家？　それを他の人に話したの？」

「そうだよ。きみは自分が何を言ってるのかよく分かってないようだね」

染めた黒髪のせいで、彼の方が患者みたいに見えるその医者は、正しかった。ベロニカはよく〝多重人格者〟という言葉を聞いたが、それが何を意味するのか全く分からなかった。

「それには治療法があるの？」と彼女は、多重人格者についてもっと知りたいと思って聞いた。

「それはコントロールできないんだ。まだ狂気の世界で何が起きているのかは、はっきり分からない。まだ全てが新しくて、治療法は一〇年毎くらいで変わるから。多重人格者というのは、この世界からいなくなる傾向が自然に備わってる人のことを言うんだ。個人の状況によって異なるのだけれど、時には重大だったり、時には表層的だったりする要因が、自分だけの現実を作り出してしまう。我々が強硬症と呼ぶ、完全な疎外感へと発展することもあるものの、時々回復する人もいる。働いたり、普通に近い人生を送れる程度には。それは環境にかかっているわけなんだけどね」

「彼らが自分の現実をつくるって言った？」とベロニカは言った。「でも現実って何なの？」

「大多数の人々が思いたいものさ。べつに最高のものでも、論理的に最適なものでもなく、社会全体の欲望に適合するようになったもの。わたしの首の周りのものが見えるかい？」

「ネクタイのこと？」

「そう。きみの答えは、完全に普通の人が答えるような、論理的で筋の通ったものだ。これはネクタイだ！　でも、狂人は、わたしの首の周りにあるものが、とても複雑に結ばれている、バカげた、なんの意味もない色のついた布で、肺に空気を送り込んだり、首を回すのに邪魔になるものだと言うだろう。わたしは扇風機の近くにいる時には必ず気を付けなければならない。そうしなければ、この布きれで窒息してしまうからね。

もし狂人が、このタイがなんのためにあるのかと聞けば、わたしとしては、べつに何の意味もない、と答えざるを得ないんだ。純粋に装飾的でもないし、今では、隷属、権力、スノッブさのシンボルになってしまった。タイの本当に役立つ唯一の機能は、家に帰ってそれを外す時の安堵《あんど》感だ。何かから解放されたみたいな気になる。それが何なのかはよく分からないが。

でもその安堵感は、ネクタイの存在を肯定するだろうか？　いいや。それでも、狂った人と、普通の人に、これが何であるか聞いたら、正気の人は、これがネクタイだというだろう。問題は、どっちが正解なのかということではなく、どっちが正しいかということなんだ」

「それで、わたしが色のついた布の、正しい名前を言ったという理由だけで、あなたは、わたしがおかしくないと思ったわけね」

そうさ、きみはおかしくないよ、そのテーマの権威であるイゴール博士は思った。診察室の壁には、たくさんの賞状がかかっていた。自分の生命を奪おうとするのは、人間に特有のことだ。彼はそうしている人たちをたくさん知っているし、それでも彼らは潔白と普通さを装って、病院の外で生きている。自殺というスキャンダラスな道を選ばなかっただけだ。イゴール博士がヴィトリオルと名づけた毒で、彼らは少しずつ自分を殺していた。

ヴィトリオルは、彼が診察してきた男女の会話からその性質を知ることになった、毒性のある物質だ。彼は現在そのテーマについて、スロベニアの科学アカデミーに審査してもらうために提出する論文を執筆中だった。それは狂気の分野では、患者の鎖を解くべきだと命じ、中には治る者さえいるかもしれないという考えで医学界を震撼《しんかん》させたピネル博士以来の、最も重要な一歩だった。

フロイト博士が見つけたものの、どの研究所も取り出すことができなかった、性的欲望を喚起する化学反応リビドのように、ヴィトリオルは、まだどの分光写真のテストでも判別されていないが、人が怖い状況に追い込まれた時に、体内から発散されるものだ。それは甘くもなく、おいしくもない、苦い味で、すぐに識別できた。この危険な物質の、未《いま》だ認知されていない発見者イゴール博士は、かつての帝王や王様や、あらゆる愛人たちが、障害となる人物を消したい時に使用した毒の名前を、それに与えた。

それはまさに、王様や帝王にとっての黄金時代で、人はロマンチックに生きたり死んだりできた。殺人者は、その犠牲者を豪華な夕食に招待し、給仕が二つの特別なグラスにお酒を注ぐと、その一つにヴィトリオルが盛られているわけだ。犠牲となる者の動きの一つ一つを想像してみよう。グラスを手に取り、やさしい言葉か挑発するような言葉を口にして、グラスに美味《おい》しい飲み物でも入っているかのように飲むと、ホストの方を驚いたように見てから床に倒れ込む。

でも、とても高くて手に入れるのが難しかったこの毒は、リボルバーやバクテリアなどの、より確実な殺害方法に取って代わられていった。生来ロマンチックなイゴール博士は、この忘れられていた名前を救い出し、彼が見つけ出した、すぐにその発見が世界を揺るがすことになるだろう心の病につけた。

ほとんどの人がその味を判別でき、その毒が回るプロセスを憂鬱《ゆううつ》と形容しているにも拘《かかわ》らず、誰もヴィトリオルを危険な毒として説明していないのは変だった。多かれ少なかれ、我々がみんな結核の媒介であるのと同じように、誰もが自分の身体に憂鬱を抱えていた。でもこの二つの病気は、患者が衰弱した時にしか攻撃してこない。憂鬱の場合、その病気が発症するための適切な条件は、人がいわゆる〝現実〟を怖れることだ。

外の脅威が侵入できないような世界を建設するために、ある人たちは、外界や新しい人、違う体験に対して、異様に高い防護壁をつくり、自分の内的世界を裸に残してしまう。そこで憂鬱が、その取り返しのつかない仕事にかかる。

憂鬱（またはヴィトリオル。イゴール博士はそう呼ぶ方を好む）の主なターゲットは意志だ。この毒に攻撃された人は全ての欲求を失い、数年のうちに、自分の世界から出られなくなり、自分の思い通りの現実を作り上げるために、高い壁を積みあげることに多くのエネルギーを費やすようになる。

外部からの攻撃を避けるために、彼らはそれで内的な成長も止めてしまうことになる。彼らは働き続け、テレビを観て、子供を作り、交通渋滞について文句を言うが、こうしたことは自然に起こることで、特に何の感情も伴わない。結局、全てはコントロールされているのだから。

憂鬱による中毒の一番大きな問題は、嫌悪、愛、絶望、興奮、好奇心といった情熱が、自己主張しなくなることだ。しばらくすると、憂鬱になった人は全く欲望を感じなくなる。彼らは生きる意志にも死ぬ意志にも欠けていて、それが問題だった。

だから憂鬱に毒された人たちは、生にも死にも恐怖を感じないという理由から、英雄や狂人を、長年興味の対象としてきた。英雄も狂人も、危険を顧みず、人の言うことも聞かずに前へ突き進む。狂人は自殺し、英雄はある使命のために身を捧《ささ》げるが、双方とも死んでしまうわけで、憂鬱に毒された人たちはたくさんの夜と昼を、不条理さと栄光について話すことになる。憂鬱な人が、外の世界を覗《のぞ》き見るために防護壁をよじ登るのはその時だけだが、彼の手足はすぐに疲れて、また日常の生活に戻ってしまう。

憂鬱の末期にいる人は、一週間に一回しか自分の病気に気づかない。それは日曜日の午後だ。症状を和らげるための仕事も日常の習慣もなく、彼は、何かが大きく間違っていると思う。長い平和な時間を地獄としか思えず、大きな苛立《いらだ》ちしか感じられないからだ。でも月曜がやってくると、憂鬱な男はすぐに自分の症状を忘れ、いつも週末があまりに早く過ぎてしまい、休息をとる時間などないことを呪うのだ。

社会的な見地から、この病気の唯一の利点は、それがあまりに普通になったために、よほど中毒が重くて、その患者の行動が他の者に悪影響を与える時以外は、もう入院の必要がないことだった。憂鬱に毒された人たちのほとんどは、外に住み続けることができた。一見世の中に参加しているように見えても、自分たちを取り囲む高い壁のせいで、実は完全に孤立していたから、社会や他の者への脅威にならずに済んだのだ。

ジークムント・フロイト博士は、リビドと、それが引き起こす問題への治療法を、精神分析という形で発見した。ヴィトリオルの存在を発見する以外に、イゴール博士はそのための特効薬も存在するということを証明しなければならなかった。彼は、自分の考えをいざ発表するとなった時の困難を軽く見てはいなかったが、それでも医学史に自分の名を残したかった。〝普通〟の人たちは自分の生活に満足していて、そんな病気の存在を認めるはずもなく、その間にも〝狂人〟は精神病院、研究所、議会といった巨大な産業を支えていた。

「世の中がわたしの努力を認めないことは分かっている」と彼は、理解されないことに誇りを感じて、独りごちた。結局、天才が支払わなければならない代償なのだ。

「先生、大丈夫ですか？」とベロニカは聞いた。「あなたも患者たちの世界へ漂っていってしまったみたいだから」

イゴール博士はその皮肉を無視した。

そして「もう行ってもいい」と言った。

ベロニカは、今が昼なのか夜なのか分からなかった。イゴール博士は電気を点《つ》けていたが、彼は毎朝そうしていた。廊下まできたときに月を見て、初めて彼女は、思っていたよりもずっと長く眠っていたことに気づいた。

病棟へと戻りながら、彼女は額に入った写真が壁にあるのに気づいた。それは詩人のプレシェレンの彫像が建てられる以前のリュブリャーナの中央広場だった。恋人たちが散歩していたが、たぶん日曜だったんだろう。

彼女は写真の日付を見た。一九一〇年、夏。

一九一〇年の夏。子供も孫もすでに死んでしまっている人たちがそこにいて、人生のある瞬間に止まっていた。女たちは大きく広がったドレスを着て、男たちはみな、帽子とジャケットとゲートルとネクタイ(狂人たちにとっては、ただの色のついた布だが)を身につけて、片手に傘を持っていた。

その時はどれくらい暑かったんだろう? 気温は、現在の夏とそんなに変わらなかっただろう。日陰で三五度ってところか。もしイギリス人が、その暑さにより適した服装——

バミューダ・パンツと半袖シャツ――で立っていたら、その人たちはどう思っただろう？

「あの人、おかしいんじゃないの」

彼女はイゴール博士の言ったことを完全に理解していた。いつでも愛され、守られているとは感じていたけど、その愛をありがたいものに変えるために一つだけ欠けていたものがあることを理解したように。彼女はもっと狂人になるべきだった。

両親は、それでも彼女を愛してくれたろうが、二人を傷つけるのが怖くて、いくら彼女の夢のためでも、その代償を払わせることなどとてもできなかった。彼女の記憶の奥底に沈められた夢。たまに、コンサートや、偶然耳にした美しいレコードの音で呼び覚まされることはあった。しかし、その夢が揺り起こされることがあっても、やるせない気持ちが強すぎて、彼女はまたすぐに眠らせてしまった。

ベロニカは子供の時から、ピアニストこそ、自分の真の天職だということを知っていた。これは彼女が十二歳の、初めてのレッスンの時から感じていたことだ。彼女の先生もその才能に気づき、プロになるよう奨《すす》めた。でも、大会に優勝したことが嬉《うれ》しくて、母親に、他の全てのことを諦《あきら》めてピアノに身を捧《ささ》げたいと話すと、母親は愛情を込めた目で見つめて言った。

「誰もピアノでなんか食べていけないのよ」

「でも、レッスンを受けるように言ったのはお母さんでしょ？」

「芸術的な才能を鍛錬するためだけによ。夫は妻にそういうところを求めるの。パーティでみんなに自慢したりね。ピアニストになりたいなんてことは忘れて、法律の勉強でもしなさい。それこそ、未来のある職業よ」

ベロニカは母親の言う通りにした。母親には現実を理解するための十分な人生経験があると信じて。彼女は学業を終えて、大学へ進み、学位を取ったが、結局、図書館の司書として働くようになった。

「もっと狂っとけばよかったわ」でも、他の多くの人と同じように、彼女はそれに気づくのが遅すぎた。

ベロニカがそのまま歩き出そうとしたその時、誰かが腕を摑《つか》んだ。強力な鎮静剤がまだ血管を流れていた。多重人格者のエドアードが違う方向へ、ラウンジの方へとやさしく連れていこうとした時に、彼女が何の抵抗もしなかったのはそのためだ。

月はまだ新しく、エドアードの無言のリクエストに応《こた》えて、ベロニカがすでにピアノの前に座っていたその時、食堂から声が聞こえてきた。誰かが、これまでヴィレットで聞いたことのない外国訛《なま》りでしゃべっていた。

「今はピアノを弾きたい気分じゃないのよ、エドアード。世界で何が起きてるか知りたいの。向こうで何を話しているのか。その男が誰なのかを」

エドアードは笑った。もしかして彼女の言っていることが何も分からなかったのかもしれない。ベロニカはイゴール博士の言ったことを思い出した。多重人格者は、自分だけの現実から出たり入ったりできることを。

「わたしは死ぬの」とベロニカは続けた。彼女の言葉を彼が理解してくれることを願って。「今日、死神の翼がわたしの顔を掠《かす》めたの。そして、もし明日でなくても、またすぐにわたしのドアをノックしに来るわ。毎晩ピアノを聴くことに慣れてしまうのはよくないことなの。

誰も、何に対しても慣れてしまってはいけないのよ、エドアード。わたしを見て。わたしはもう一度、太陽も、山も、人生の問題でさえも、楽しめるようになってきたの。人生の無意味さが、自分の責任以外の何ものでもないことを受け入れ始めたところなの。もう一度リュブリャーナの中央広場が見たくて、憎悪も、愛も、絶望も、退屈も、人生を成すそんな簡単で取るに足らないながらも自分の存在に喜びを与えてくれるものを、感じてみたかったの。もしいつか、ここから出られたら、本当に狂うことにするわ。実際、誰もが狂っていて、一番狂ってる類《たぐい》の人たちこそ自分が狂ってることに気づいていなくて、他人に言われたことを何度も繰り返すような人たちなのよ。

でも、それは不可能なことなの。分かる？　それと同じように、あなたも、夜になって患者の一人がピアノを弾くのを一日中待つことはできないの。それはすぐに終わってしまうから。わたしの世界もあなたの世界も、すぐに終わろうとしてるのよ」

彼女は立ち上がり、男の顔にやさしく触れて、食堂の方へ行った。

ドアを開けた時、彼女は思いがけない情景に出くわした。テーブルと椅子は壁の方へ押しやられ、真ん中に大きな空間ができていた。その床に座っていたのはクラブのメンバーで、みんなでスーツとネクタイ姿の男の話を聞いていた。

「……それから彼らは、スーフィの歴史の偉大なる教祖ナスルーディンを、講演のために呼んだのです」と彼は言っていた。

ドアが開いた瞬間、部屋にいたみんなはベロニカの方を見た。スーツの男も彼女の方を向いた。

「座りなさい」

彼女は、初めて会った時にすごく攻撃的だった白髪の女性、マリーの隣の床に腰を下ろした。驚いたことに、マリーは歓迎するような笑みを浮かべた。

スーツを着た男は続けた。

「ナスルーディンは午後二時に講演をすることにした。大成功が予想された。一〇〇〇という席は完売し、七〇〇人以上が中へ入れず、モニターでレクチャーを観ていた。

ちょうど二時に、ナスルーディンのアシスタントが入ってきて、避けられない理由で、レクチャーは遅れて始まる、と言った。何人かは憤慨して立ち上がり、金を返せと言って、立ち去った。それでも、まだたくさんの人が講堂の中にも外にも残っていた。

午後四時になってもスーフィの教祖はまだ登場せず、人々は少しずつその場から立ち去り始め、チケット売り場でお金を受け取った。就業時間は終わりに近づき、もう家へ帰る頃だった。六時になった時、最初は一七〇〇人いた客が、一〇〇にも満たなくなっていた。

ナスルーディンが登場したのはその時だった。彼はものすごく酔っていたようで、前の列に座っていた若く美しい女性に色気を振りまき始めた。

驚いて、残っていた人たちはみな憤慨し始めた。四時間も待たせたあげく、どうしてあんな振る舞いができるんだ？　不満気な声がぼそぼそと響いたが、スーフィの教祖は彼らを無視した。彼は大きな声で、若い女性がどんなにセクシーか言い続けて、一緒にフランスへ行こうと誘った」

なんて先生かしら、とベロニカは思った。どっちにしろ、彼女はそんなものを信用したことがなかった。

「文句を言っていた人に悪態をついた後、ナスルーディンは立ち上がろうとして、ドシンと床に倒れ込んだ。その完全ないんちきぶりに嫌気がさして、この侮辱的な茶番をマスコミに糾弾すると言って、人々はさらに帰り始めた。

最後に残ったのはたった九人だった。怒った観客の最後の一団が出て行った瞬間、ナスルーディンはすくっと立ち上がった。彼は完全に素面《しらふ》で、その目は輝き、強い威厳と知恵のオーラを醸し出していた。〝最後まで残ったあなたたちが、わたしの話を聴ける人です〟と彼は言った。〝スピリチュアルな道のりで二つの最も難しい試練をパスしました。正しい瞬間を待つ忍耐力と、遭遇したものに落胆しないこと。わたしはあなたたちに教えることにします〟。

そしてナスルーディンは彼らにスーフィのテクニックを教えた」

男は間を置いて、ポケットから奇妙なフルートを取り出した。

「それでは少し休憩しましょう。それから瞑想《めいそう》します」

グループのメンバーたちは立ち上がった。ベロニカはどうしていいか分からなかった。

「あなたも立つのよ」とマリーは言って、彼女の手を摑《つか》んだ。「五分の休憩よ」

マリーは彼女を隅へ連れていった。

「まだ何も学んでないの？　死が近づいてもまだ？　隣の人の邪魔になるとか考えるのはやめなさい。もし気に入らなければ、彼らは文句を言えるんだもの。それでもし文句を言う勇気がなければ、それはその人たちの問題よ」

「あの時、あなたの傍へ行った時、今までしたことのないことをしたの」

「あなたは狂ってる人のジョークに怖《お》じ気づいてしまったのよ。どうして自分を信じなかったの。何を失うっていうの？」

「尊厳よ。招かれざるところにいることで」

「尊厳って何なの？　人によく思われたいってことでしょ。行儀よくて、隣人への愛に溢《あふ》れる人みたいに。少しは自然に敬意を払いなさいよ。動物の映画かなんか観て、自分のスペースのために戦ってる姿を見てみなさいよ。あなたのビンタを、わたしたちは心から認めたのよ」

ベロニカには自分のスペースのために戦う時間などもう残されてなかったから、話題を変えて、スーツの男が誰なのか聞いた。

「上達してるわよ」とマリーは笑った。「人に失礼かどうかなんて考えずに、質問してるじゃない。彼はスーフィの教祖よ」

「スーフィって何なの？」

「ウールよ」

ベロニカは理解できなかった。ウール？

「スーフィ主義は、イスラム教の禁欲苦行派修道僧のスピリチュアルな伝統よ。教祖たちはどれだけ自分たちが賢いかを見せびらかそうとはしないの。そしてその弟子たちは、くるくる回るダンスみたいなものを踊りながらトランス状態に入るの」

「それに何の意味があるの？」

「よくは分からないわ。でもわたしのいるグループは、禁止されている全ての体験を調べてみることにしたの。生まれてからずっと、政府は、人生のスピリチュアルな意味を探すことの唯一の目的は、人に本当の問題を忘れさせるためだと教えてきたのよ。それなら、教えてちょうだい。人生を理解することこそが本当の問題だとは思わない？」

その通りだ。ベロニカはもはや、〝本当〟という言葉の意味も分からなくなっていたが。

マリーによればスーフィの教祖という、そのスーツの男は、みんなに輪になって座るように言った。そして花瓶から、彼は一本だけを残して、全ての花を抜いてしまった。その一本の赤いバラを、彼は輪の中心に置いた。

「わたしたちがどれだけ遠くまで来たか分かるわね」とベロニカはマリーに言った。「あるおかしな人が、冬でも花を育てられると考えてからというもの、今では、ヨーロッパ中で、一年中バラが手に入るわ。スーフィの教祖の知恵を以《もっ》てしても、そんなことできると思う？」

マリーは彼女が何を言わんとしているのか分かったようだ。

「批判するなら、後にしなさい」

「できるだけね。でも私には今しかなくて、それもとても短いようなの」

「みんな同じよ。いつでも短いものよ。でももちろん、人によっては、ものを貯めておく過去があって、さらに貯めておける未来があると信じているようだけど。ところで、今のこの瞬間のことを言うけど、あなたはたくさんマスターベーションする？」

まだ飲まされた鎮静剤が効いていたものの、ベロニカはすぐにヴィレットに来た時の最初の言葉を思い出した。

「最初にここへ入れられて、まだ人工呼吸器のチューブでいっぱいだった時、誰かに、マスターベーションしてほしくない、とはっきり聞かれたのを覚えてるわ。あれはなんだったの？　なんであなたたちは、みんなそんなことばかり考えてるの？」

「外でも同じよ。ただ、ここでは事実を隠さなくてもいいだけよ」

「あれを聞いたのはあなただったの？」

「いいえ。でも、快感に関しては、どこまで行けるのか見極めるべきよ。次の時は、ほんの少しの忍耐力があれば、あなたのパートナーも一緒にそこへ連れていってあげられるかもしれないわ。彼にガイドされるのを待つのではなくてね。二日しか生きられなくても、どこまで行けるのかも知らないうちは、この人生を終えない方がいいと思うけど」

「わたしのパートナーが、たった今、わたしがピアノを弾くのを待っている多重人格者ならね」

「彼、かわいいわよね」

スーツの男は、静かにするよう、二人の会話を遮った。彼はバラに集中して、意識を空っぽにするようにみんなに言った。

「思考は戻ってくるが、片隅へ押しやってみてください。あなたたちには二つの選択肢があります。意識をコントロールするか、意識にコントロールされるかです。あなたはすでに後者の体験には親しんでますね。恐怖、神経症、不安に流されるままにして。我々にはみんな、自己破壊の傾向がありますから。

コントロールを失うことと、狂気とを混同しないように。スーフィの伝統では、教祖のナスルーディンが、みんなに狂人と呼ばれていることを思い出してほしい。そしてみんなが彼を狂ってると思うからこそ、ナスルーディンは思うままにしゃべり、やりたいままにできるわけです。中世の宮廷の道化もそうでした。大臣たちはその地位を失うことを怖れて、王様に降り掛かる危険を注意できないのに、彼らはやってしまうのです。

あなたもそうあるべきなのです。狂ったままでいながら、普通の人のように振る舞うのです。人とは違う存在であることの危険を冒しながら、注意を惹《ひ》かずにそうすることを覚えなさい。この花に集中して、本当の〝わたし〟を出してあげなさい」

「本当の〝わたし〟って何ですか？」とベロニカは聞いた。もしかしてそこにいるみんなは知ってるのかもしれないが、そんなことはどうでもよかった。彼女は他の人の気に障るかどうか心配するのをやめなければならないのだから。

男はその邪魔に驚いたようだったが、彼女の質問に答えてくれた。

「あなたがどんな人なのか、人が考えていることではなく、まず自分が何であるのかということです」

ベロニカはその練習をすることにして、できるだけ、自分が誰であるのかに集中してみた。ヴィレットに来てから、彼女は今まで感じたことのないほど強いものを感じていた。憎悪、愛、恐怖、好奇心、そして生きる欲望を。もしかしてマリーは正しいのかもしれない。オルガズムを迎えるということを彼女は本当に知っていたのだろうか？　それとも、男たちが連れて行きたいと思ったところまでしか到達していないのだろうか？

男はフルートを演奏し始めた。徐々に、音楽は彼女の魂を落ち着かせ、彼女はバラに集中できるようになった。鎮静剤の効果かもしれないが、事実、イゴール博士の診察室を出てから、彼女はすごくいい気分だった。

自分がすぐに死ぬことは知っていたけど、どうして怖がる必要があるのか？　怖れは何の助けにもならない。致命的な心臓発作も防げやしない。一番大切なのは、自分に残された日々や時間を楽しむことだ。今までやったこともないようなことをして。

音楽は静かで、食堂の薄暗い明かりはほとんど宗教的と言える雰囲気を作り出していた。宗教。どうして今まで自分の中へ深く入っていき、自分の信仰や信心の何が残っているのかを見極めようとしなかったのか？

でも、音楽は、彼女を違う場所へ誘《いざな》っていた。意識を空っぽにして、考えることを止めてただ存在するだけ。ベロニカはその体験に身を委《ゆだ》ねた。彼女はバラだけを見て、自分が誰なのかを見て、自分の見たものを気に入り、急ぎ過ぎたことについては後悔の念だけが浮かんできた。

瞑想《めいそう》が終わると、スーフィの教祖は出ていき、マリーはしばらく食堂に残って、クラブの他のメンバーと話していた。ベロニカは疲れたと言って、すぐに出ていった。その朝彼女が与えられた鎮静剤は、馬を気絶させるくらい強かったから。

それでも、彼女にはずっと起きている力があった。

「それが若さよ。身体は耐えきれるかどうかも確かめずに、自分で勝手に限界を設定してしまうの。それでも身体はいつもついてくるものだから」

マリーは疲れていなかった。彼女は遅くまで寝ていて、それからリュブリャーナの街《まち》を散歩した。イゴール博士は、クラブのメンバーが必ず一日に一回はヴィレットを出るように命じていた。マリーは映画館へ行き、夫婦問題を描いたとても退屈な映画を観ながら、また席で眠ってしまった。他にテーマはないのだろうか？　どうして同じ物語ばかり繰り返すのだろう？　夫と愛人、夫と妻とその病気の子供、夫と妻と愛人とそのまた病気の子供？　世の中にはもっと話すべきことがあるはずだ。

食堂での会話はそう長くは続かなかった。瞑想は、グループのメンバーをリラックスさせ、みんなは病棟へ戻ろうとしていた。マリーを除いては。彼女は一人で庭へ出た。その途中、彼女はラウンジを通って、ベロニカがまだベッドに入っていないことに気づいた。その彼女は、ずっとピアノのところで彼女を待ち続けていただろう多重人格者のエドアードのために弾いていた。狂人は自分の欲求を満たされない限り、まるで子供のように、てこでも動かなかった。

空気は凍えるようだった。マリーは中へ入り、コートを取るとまた外へ出ていった。みんなの目から遠く離れた外で、彼女はタバコに火をつけた。ゆっくりと躊躇《ちゅうちょ》なくタバコを吸い、若い女性のことと、聞こえてくるピアノ音楽と、全ての人にとって耐えられないくらい難しくなっていた、ヴィレットの塀の外の生活について考えていた。

マリーから見れば、その難しさは混沌《こんとん》でも無秩序でも無政府主義からでもなく、過剰な秩序からきていた。社会にはますますルールが増え、そのルールに矛盾する法律と、さらに、その法律に矛盾するルールができていった。人は、そんな生活の規範となる見えない規則の外に一歩でも出るのを怖がった。

マリーは自分が何を言ってるのか分かっていた。病気が彼女をヴィレットへと連れてくるまで、彼女は人生の四〇年間を弁護士として働いてきた。彼女は正義に対する純真なビジョンを、そのキャリアの初期の頃に失った。法は問題を解決するために作られたのではなく、争い事を無期限に引き延ばすためにあった。

アラー、エホバ、神（どんな名前だろうとどうでもよかった）が、今の世界に生きていないのは残念だ。もし生きていたら、わたしたちは今でも楽園に住んでるだろう。一方で彼は、嘆願、要請、要望、命令、予備評決に嵌《は》まり、そして無数の裁判所で、法律に基づかない独断的なルールを破ったかどでアダムとイブを楽園から追放した決断を正当化しなければならないだろう。善と悪を生む知恵の木から食べるべからず。

もし彼が、そういうことが起きてほしくなかったなら、どうして楽園の壁の外でなく、庭の真ん中に木を置いたのだろう？　もし彼女がそのカップルを弁護するために呼ばれたら、マリーは疑いもなく、神の管理上の過失と非難するだろう。彼は誤った場所に木を植えただけでなく、それを警告文や防護柵《さく》で囲もうともせず、最低限の警備を用意することもなく、そのために、全ての人を危険に曝《さら》してしまったわけだ。

マリーはまた、神が木の正確な位置をアダムとイブに教えていたことから、彼を犯罪行為への誘引の罪で訴えることができるだろう。もし彼が何も言わなければ、その木はその他の似たような木でいっぱいの森にあったのだろうから、何も特別な価値はないわけで、何世代もの人たちが、その禁じられた果実に何の興味も持つことなく、この地上を通り過ぎていただろう。

でも神のやり方は違っていた。彼はルールを設定してから、罰というものを発明するためだけに、誰かにそれを破らせる方法を見つけたのだ。彼はアダムとイブが健全さに飽きて、いつか、神の忍耐力を試すことになるだろうと分かっていた。彼は罠《わな》を仕かけた。それは、たぶん全能の神としての彼もまた、あまりにスムーズに事が運んでいたことに飽き飽きしていたからだろう。もしイブがリンゴを食べなかったら、過去数十億年で何もおもしろいことは起きなかったかもしれない。

法律が破られた時、全能の裁判官たる神は、全ての隠れ場所など知りもしないかのように、二人を追いかけるふりさえした。そのゲームを楽しみながら、天使が見守るなか（ルシファーが天国を去ってから、彼らの人生はさぞ退屈だったろう）、彼は庭園を歩き始めた。マリーは、その聖書の挿話が、サスペンス映画にしたらどれだけすばらしい場面になるだろうと思った。神の足音が聞こえる。二人が脅《おび》えるような視線を交わすと、彼らの隠れ家のところで突然足が止まる。「どこにいるのだ？」と神は聞く。「あなたの声が庭で聞こえ、わたしは裸だったので、怖くなったのです。そして身を隠しました」とアダムは答えたが、彼はそう言ったことで、罪を犯したことを告白してしまったことに気づかなかった。

こうして、アダムがどこにいるのか、どうして逃げたのかも分からないふりをするという簡単なトリックを使って、神はほしいものを手に入れた。それでも、そんな出来事を興味深げに観ていた天使の観客たちに疑いの気持ちを残さないように、彼はさらに先へと進むことにした。

「おまえが裸だと誰が言ったのだ?」と神は、答えは一つしかないことを知りながらも聞いた。善悪の知恵の木からその実を食べたからだと。

その質問で、神は、自分がただの神だということと、このカップルへの糾弾は、完璧《かんぺき》な証拠に基づいていることを提示した。そうなると、女のせいだとか、二人が許しを乞《こ》うとかの問題ではなくなった。神は、見せしめにしようとしていた。自分の決めたことに、地上だろうが天国だろうが、どの生き物も逆らわないようにするために。

神はそのカップルを追放処分にし、そしてその子供たちも罪を償うことになり(今でも犯罪者の子供たちがそういう目に遭ってるように)、そのため、司法制度が作られた。法律、法の違反(それがどれだけ非論理的で不条理だろうと)、裁判(経験のある方が、純粋な方に勝ってしまう)、そして刑罰。

全ての人間が、弁明する権利もなく処罰されてしまったために、人類は、再び神がその有無を言わせぬ権力を使う時のことを想定して、防衛策を作ることにした。でも、何千年もの研究の結果、あまりに多くの裁判力の行使を招いてしまうことになってしまった。わたしたちは行き過ぎてしまい、司法は、条項や法理学や、誰にも理解できない矛盾するテキストの、ただの連なりになり下がってしまった。

それはこんなことにまでなってしまった。神の気が変わって、彼の息子を世界に送り込んだとき、どうなっただろう？ 神は自ら作り上げた司法の手に落ちてしまった。その法の連なりがあまりの混乱を招いてしまったために、息子は釘《くぎ》で十字架にまで打ちつけられてしまったのだ。それは簡単な裁判ではなかった。彼はアンナスからカイアファ、そして神父から、ローマ法にも不適当な法律があると言ったピラトの手へと渡っていった。ピラトから、ユダヤの法では死刑を許していないと言ったヘロデスへ。ヘロデスから、解決策を求めて、市民に法的な権限を与えたピラトへとまた戻された。彼は神の息子を傷つけさせた上、その傷を人々にまで見せたが、それはうまくいかなかった。

現在の検事のように、ピラトは、有罪となった男をだしに自分が助かろうとした。彼はイエスをバラバと交換することを提案したが、その頃には、裁判は、受刑者の処刑という結末を必要とする大スペクタクルと化していたことも知っていた。

ようやく、ピラトは法律条項を使って、裁かれるその人ではなく、裁く者に、疑う特権を与えた。彼は身を引いた。「どちらにしても、よく分からない」という感じで。それは、地方行政官との関係を壊さずに、ローマの法体系を残すための策略で、その判決が問題となり、帝国の首都から調査官自らがどうなっているのか調査しに来た時のために、決断の責任を、市民にも移したのだ。

司法と法律、両方とも、無罪の者たちを守るために必要なものだが、誰もが気に入るようには機能しなかった。マリーは今、そんな混乱から遠いところにいてほっとしたが、今晩は、ピアノの音を聴きながら、自分にとってヴィレットが本当に相応《ふさわ》しい場所なのか分からなくなっていた。

「もし、これが最後の機会だと思って、ここから出ていったとしても、法律の世界へは戻らないだろう。他の人たちの生活を困難にすることだけが人生の唯一の機能のくせに、自分が普通で、重要だと思ってる頭のおかしな連中とは一緒に過ごしたくない。わたしはお針子か、刺繍《ししゅう》家になるか、市営劇場で果物でも売るわ。法律の無益な狂気にはもう十分貢献したはずだから」

ヴィレットではタバコを吸ってもいいが、芝生で揉《も》み消してはいけないことになっていた。彼女は大きな喜びを以《もっ》て、禁じられていることをした。そこにいる大きな利点は、規則に従う必要がないことと、それを破った時も大きな問題になることはないこと、なのだから。

マリーはドアへ向かった。警備員は彼女に頷《うなず》き、ドアを開けた。いつも警備員はいた。結局、それが規則なのだ。

「外へは行かないわ」

「素敵なピアノの音色だね」と警備員は言った。

「ほぼ毎晩聴いてるよ」

「もう長くは続かないわ」と彼女は言うと、説明しなくてもいいように、急ぎ足で立ち去った。

マリーは、あの若い女の子が食堂に入って来た瞬間に、彼女の目に感じたものを思い出した。恐怖だ。

恐怖。ベロニカが不安、恥ずかしさ、恥、気がねを感じるなら分かるけど、なぜ恐怖を？　それは本当の脅威に直面した時にだけ起こることなのに。獰猛《どうもう》な動物、武装した敵、地震に対しては恐怖が起きても、食堂に集まっている人たちになんてあり得ないことだ。

「でも人間ってそういうものよ」と彼女は自分に言った。「わたしたちは、全ての感情を恐怖と交換してしまったのよ」

マリーは自分が何を言っているのかよく分かっていた。それが彼女をヴィレットに連れてきたのだから。パニックに襲われたのだ。

自分の部屋に、マリーはそのテーマについてのあらゆる蔵書を持っていた。今では、人もオープンにそれについて話し、最近でも、ドイツのテレビ番組で人がそれぞれの体験を話しているのを観た。その同じ番組で、全人口の結構な数が、パニックに襲われて苦しんでいるのに、苦しんでいる人のほとんどが、狂ってると思われるのが怖くて、その症状を隠そうとしていることを、調査が明らかにしていた。

でもマリーが初めてそれに襲われた時は、そんなことは全く知られていなかった。「ものすごい地獄だったわ」と彼女はタバコをもう一本吸いながら思った。

ピアノはまだ鳴っていた。女の子は一晩中でも弾けそうなほどの力を持っていた。多くの患者が、この病院にやってきた若い女性の影響を受けていた。マリーもその一人だった。最初は、若い女性の生きたいという欲望を目覚めさせてしまうのが怖くて、彼女を避けようとした。逃げ道がないから、彼女にとっては死にたいと思い続けている方が身のためだった。イゴール博士は、彼女に毎日注射を打ち続けているけれども、症状は明らかに悪くなっていて、彼女を救う方法などないだろうと、みんなに伝えた。

患者たちは、それを理解し、死を宣告された女性から距離を置いていた。でも、誰もどうしてなのか理解できないまま、ベロニカは生きるために戦い始めた。彼女に話しかけた人間は明日退院するゼドカくらいで、どのみちあまりしゃべらなかったし、あとはエドアードだけだった。

マリーはエドアードと話さなければならないと思った。彼はいつも彼女の意見を尊重してくれた。ベロニカをこの世界へ引き戻していることに気づかないのだろうか？　救いのない人に対してできる最悪のことかもしれないのに？

彼女は、彼にこの状況を説明するための何千という方法を考えたが、そのどれもが彼に罪悪感を感じさせてしまいそうで、それだけは避けたかった。マリーは少し考えて、自然に委《まか》せてみることにした。彼女はもう弁護士でも何でもなく、無政府主義であるべきところに、新しい行動規範を作ることで、悪い前例を作りたくなかった。

でも、若い女性の存在は、ここにいる人たちの心を打ち、みんな自分の人生のことも考え直そうと思い始めていた。一度、クラブの集まりで、何が起きているのか、誰かが説明しようとした。ヴィレットの中では、死は突然訪れるもので、人に考える余裕を与えないか、長い病気の末にやってきた。そんなとき、死はいつでもありがたいものだった。

でもこの若い女性の場合は、あまりに若くて、みんな不可能なことだと分かっていたのに、彼女が今ではもう一度生きたいと思うようになっていたから、全てがドラマチックだった。自分に問いかけてみる人もいた。「自分がそうなったらどうするだろう？　自分には生きるチャンスがある。それをちゃんと活《い》かしているだろうか？」

答えを見つけようとさえしない人たちもいた。彼らはもうずっと前に諦《あきら》めて、生も死も、空間も時間も関係のない世界を作っていた。でも、他の者たちは、とても考えさせられていた。そしてマリーもその一人だった。

ベロニカは一瞬、弾くのをやめて、庭にいたマリーを見た。彼女は冷たい夜の空気にも拘《かかわ》らず、薄いジャケットしか着ていなかった。全く、死にたいのかしら？

「違う……、死にたいのはわたしの方だった」

彼女はまたピアノに意識を戻した。人生の残り数日にして、彼女はようやく自分の大きな夢に気がついた。心から、魂を込めて、思う存分、気の向く時にいつでもピアノを弾くこと。彼女のたった一人の観客が多重人格者だなんてことはどうでもよかった。彼は音楽を理解しているようだったし、大事なのはそれだけだった。

マリーは、一度も自殺したいと思ったことはなかった。逆に、今日と同じ五年前の映画館で、エル・サルバドルの貧困を描いたフィルムに、驚きながらも見入ってしまい、どれだけ自分の生命が大切かを知った。当時は、子供たちも成長し、それぞれが仕事に就き始めるなか、彼女は退屈で際限のない弁護士の仕事を辞めて、残された人生を、どこかの人道的な機関で働いて過ごしたいと思っていた。この国の独立紛争の噂はますます迫っていたが、マリーは信じていなかった。この二〇世紀の最後に、ECが、その玄関先でまた新たな戦争を許すとは思えなかった。

それでも、世界の反対側で悲劇がなくなることはなく、腹を空《す》かした子供たちが街《まち》へ出て娼婦《しょうふ》になるしかないエル・サルバドルも、そのひとつだった。

「ひどすぎるわ」と彼女は、隣に座っていた夫に言った。

彼もまた頷いた。

マリーはもう長いこと決断を引き延ばしていたが、今こそが、打ち明けるべき時なのかもしれなかった。二人は、人生が与え得る限りの恩恵を、全て授かってきた。マイホーム、仕事、かわいい子供たちに、そこそこに快適な生活、趣味、文化など。そろそろ、人のために何かしてもいい頃なんじゃないだろうか？　マリーは、赤十字に知り合いがいて、世界中の様々なところでボランティアが必要とされていることも知っていた。

彼女は官僚主義や訴訟と戦うのに疲れていて、自分たちが生み出したわけでもない問題を解決しようと一生涯がんばってきた人たちを救うことはできずにいた。でも赤十字で働けば、すぐに結果が見えるだろう。彼女は映画館を出たら、夫をカフェにでも誘って、その思いをぶつけてみることにした。

また新たな不当行為への退屈な弁明のために、エル・サルバドルの政府高官がスクリーンに登場するなり、マリーは心臓の鼓動が速くなるのを感じた。

彼女は自分に、べつに何でもないことだと言い聞かせた。もしかして、映画館の噎《む》せるような環境のせいかもしれなかった。もし症状が続くようなら、ロビーへ新鮮な空気を吸いに出ることにしよう。

でも状況は自分勝手に進み始めた。心臓はますますペースを上げ始め、彼女は冷や汗をかき始めた。

彼女は怖くなり、否定的な考えを拭《ぬぐ》い去ろうと、なんとか映画に集中しようとしたが、スクリーンで起こっていることに、もうそれ以上集中できなくなっていた。マリーには映像も字幕も見えていたが、全く違う現実に入り込んでしまったかのようだった。まるで全てが彼女の知らない世界で起きているかのように、周りで起きていることが奇妙で調子が狂っているように思えた。

「気分がよくないの」と彼女は夫に言った。

彼女は、何かがおかしいことを認めてしまうようなものだから、できるだけ言うのを引き延ばしていたが、もう、それ以上は我慢できなくなった。

「じゃ、外へ出よう」と夫は言った。

彼は妻を立たせようと手を貸すと、その手が氷のように冷たいことに気づいた。

「どうも外まで辿《たど》り着けそうにないわ。お願いだから、わたしに何が起きてるのか教えて」

彼女の夫も怖くなった。マリーの顔からは汗が滴り落ち、目には奇妙な光が宿っていた。

「落ち着くんだ。今、医者を呼んでくるから」

彼女は絶望的な気分になっていた。彼の言っていることも尤《もっと》もだったが、映画や、薄暗がり、並んで座って目映《まばゆ》いスクリーンを見つめていた人々、それら全てが、とても怖く感じられた。自分が生きているのは確かだけれど、何か形のあるものみたいに、周りの生命に触れられるような気がした。それは今までに一度も起きたことがないことだった。

「何があっても一人にしないで。自分で立って、一緒に外へ出るから、ゆっくりお願い」

二人とも同じ列の人たちに謝りながら、映画館の後ろの出口へ向かって歩き始めた。マリーの心臓は今ではものすごい勢いで鼓動し始めていて、彼女は絶対にそこから、どう足《あ》掻《が》いても出られないと思った。彼女にできたのは、片方の足を前に出して「すみません」と言いながら、夫の腕に身体を預けて、息を深々と吸ったり吐いたりすることだけで、それがおそろしくはっきり、かつゆっくりと感じられた。

彼女は人生でこれほど怖い思いをしたことがなかった。

「わたしはこの映画館で死ぬんだわ」

そして彼女は、自分に何が起きているのか分かっている気がした。もう何年も前に、彼女の友人が映画館の中で脳動脈瘤《のうどうみやくりゆう》により死んだからだ。

脳動脈瘤は時限爆弾のようなものだ。それはまるでボロタイヤが膨張するみたいに、動脈に沿った小さな毛細血管が拡張したもので、一生気づかないこともある。誰も自分が脳動脈瘤だとは分からない。偶然にでも発見されない限りは。例えば、べつの理由で行なわれた脳のＣＴスキャンか、それが実際に破裂する時くらいだが、その結果、そこら中を血だらけにして、患者は直後に昏睡《こんすい》状態へと陥り、たいていはすぐに死を迎えてしまう。

映画館の暗い通路を歩きながら、マリーは亡くなった友人のことを思い出していた。でも一番おかしかったのは、その破裂した動脈瘤が彼女の思考にもたらしている影響だった。彼女はまるで違う惑星へ移送されてしまったようで、すでに見知っていたものを初めて見るように感じた。

そして恐ろしい、説明のつかない不安があった。違う惑星に独りぼっちで取り残されてしまったようなパニックが。それは死だ。

「考えるのをやめなければ。全てが大丈夫なふりをしてれば、きっとよくなるはずだわ」

彼女が自然に振る舞おうとすると、数秒間は、その奇妙な感覚も消えていた。最初の動《どう》悸《き》から、夫と出口に行き着くまでの二分は、人生で最も恐ろしい二分間だった。

ところが、煌々《こうこう》と照らされたロビーに到着するなり、全てがもう一度始まってしまったかのようだった。色味はあまりに鮮やかで、通りから聞こえてくる騒音は、四方から攻め込んでくるようで、全てが完全に非現実的に感じられた。彼女は初めて、ある細かなことが気になり始めた。例えば、視界は、焦点を当てているほんの小さな部分しか明瞭ではなくて、残りはぼやけていることとか。

まだあった。周りで見えているものは、ただ目というゼラチン状の器官を通過する光の刺激を利用した、脳内の電気的な刺激によって作られた風景だということとか。

だめだ、もう考えるのをやめなければ。その先には狂気が待っているだけだ。

その頃には、もう動脈瘤への不安はなくなっていた。彼女は映画館からなんとか出られ、生命もあった。死んでしまった友だちには、席を離れる時間もなかったのだろう。

「救急車を呼んでくるから」と夫は、妻の蒼白《そうはく》な顔と、血の気のない唇を見て言った。

「いいえ、タクシーを呼んで」と彼女は、声帯の振動を感じながら、口から発した音を聞いていた。

病院へ行けば、自分が本当に重病だと認めてしまうことになる。マリーは、全てを普段の状態へ戻すためなら何でもするつもりでいた。

二人がロビーを出ると、氷のように冷たい空気が、いい影響を与えたようだった。マリーは落ち着きを取り戻した。いまだにパニックと恐怖という、説明し難い感情が続いていたが。夫が、その時間帯には少ないタクシーを必死に捕まえようとする間、彼女は縁石に腰かけて、周りを見ないようにしていた。遊んでいる子供たち、通過するバス、近くの遊園地から流れてくる音楽、その全てがとても超現実的で、恐ろしく、どこか遠いことのように思えた。

やっとタクシーが捕まった。

「病院へ行ってくれ」と夫は、妻に手を貸しながらクルマに乗せて言った。

「お願い、早くお家に帰りましょう」と彼女は言った。もうこれ以上、知らないところへは行きたくなくて、渦巻く恐怖を和らげてくれる、普段から親しみのある、普通のものがどうしてもほしかった。

タクシーが家へと向かう間、彼女の心拍数は減少し、体温も平熱に戻り始めた。「気分が少しよくなってきたみたい」と彼女は夫に言った。「何か食べたものがいけなかったのかも……」

家に着くと、世界は再び、子供の時からのものと同じようになった。そして夫が電話しに行くのを見て、彼女は何をしているのかと聞いた。

「医者を呼ぶんだ」

「そんな必要はないわ。ほら見て、わたしはもう大丈夫よ」

顔色はよくなり、脈拍も正常で、抑えきれない恐怖は消えていた。

その夜、マリーはとてもよく眠り、きっと誰かが、映画館へ入る前のコーヒーに睡眠薬でも入れたんだろうと思いながら目を覚ました。夕方くらいには、そんな危険な悪戯《いたずら》に対して、すぐに検察官へ電話して、犯人を見つけてもらうために裁判にかける気になっていた。

彼女は仕事場へ行き、係争中の訴訟に目を通して、諸々《もろもろ》の仕事で忙しくすることにした。前日の体験がまだ幾ばくかの不安を残していたから、もう二度と同じことが起きないことを証明したかった。

彼女はエル・サルバドルの映画について同僚に話し、そのついでに、毎日同じことを繰り返すのに飽き飽きしているとも言った。

「きみはここの、最高の弁護士なんだぞ」と同僚は言った。「しかも、法律なんてのは、年齢を重ねることがプラスに働く、数少ない職業の一つだぞ。その代わり、長期休暇でも取ったらどうだ？　きっと、またエネルギーを充電して、仕事に戻ってこられるさ」

「自分の人生を、全く違うことに使ってみたいの。冒険したいのよ。人助けをして。今までしたこともないようなことをしたいのよ」

会話はそこで終わった。彼女は広場へ降りて、いつも食べているところよりも高級なレストランでランチを食べ、早めにオフィスへ戻った。その時から、彼女は自分の殻に閉じこもった。

まだ他の社員は戻ってきておらず、マリーはまた自分のデスクにあった仕事に目を通すことにした。彼女は、いつも同じ場所に仕舞っておいた鉛筆を出そうと引き出しを開けたものの、それはどこにも見当たらなかった。鉛筆をいつもの場所へ戻せていなかったことで、ほんの一瞬、もしかしたら、自分の行動がおかしくなっている徴候なのかもしれないと思った。

彼女の心臓の鼓動をもう一度速くするにはそれだけで十分で、前夜の恐怖が急激に蘇《よみがえ》ってきた。

マリーはその場に凍りついた。太陽がブラインド越しに射し込み、彼女の周りに、より明るい、より活動的な雰囲気を醸し出していたが、彼女はまた、すぐに死んでしまうかもしれないような気がした。全てがおかしかった。彼女はこのオフィスで何をしているんだろう?

「神様、あなたのことはべつに信じてないけど、お願い、助けてほしいの」

彼女はまた冷や汗に襲われてしまい、不安を抑えきれないことに気づいた。もしその時、誰かが入ってきたら、彼女の脅《おび》えるような目に気づいただろうし、彼女もどうしていいか分からなくなっただろう。

「そうだ、冷たい空気だわ」

前の夜、冷たい空気に当たって少しは気分もよくなったが、どうやって表まで行けばいいのだろう? 彼女はまた自分に起きている変化に気づいていた。呼吸のペースと(もし意識的に吸ったり吐いたりしなければ、彼女の身体は呼吸さえできなくなるような気がする時もあった)頭の動きと(テレビカメラが中で動いているみたいに次から次へと映像が浮かんできた)心臓の鼓動は、ますます速度を増し始め、身体はべっとりと張りつくような冷や汗に覆われていた。

そして恐怖がやってきた。足を一歩踏み出すにも、座っていた椅子から離れるにも、何をするにも、ひどく、説明し難い不安が襲ってきた。

「すぐに終わるわよ」

この前は終わったが、今は仕事場だから、どうすればいいのだろう？　時計を見ると、二本の針が一つの軸で回り、それが、誰も説明しようとしたことのない時間の計り方を示す、とてもバカげたメカニズムのように思えた。どうして他の計り方のように、一〇ではなく、一二なんだろう？

「こういうことを考えないようにしなければ。頭が狂ってしまうわ」

狂ってる、か……。もしかしたら、彼女のどこがおかしいのかを説明するには、それが適当な言葉だったのかもしれない。自分の持てる限りの力を振り絞って、なんとか立ち上がると、トイレへと歩き出した。運よく、オフィスはまだ空っぽで、その永遠のように感じられた一分で、ようやくトイレに辿《たど》り着くことができた。顔に水をかけると、まだ不安は残っていたものの、おかしな感覚はやわらいだ。

「すぐに終わるわ」と自分に言い聞かせた。「昨日もそうだったから」

彼女は前の日、それが三〇分くらい続いたことを思い出した。彼女はトイレの小部屋に入って鍵《かぎ》をかけて便座に座ると、膝《ひざ》で頭を抱え込んだ。でもその体勢は、彼女の鼓動を増幅させただけのようで、マリーはすぐに起き上がった。

「すぐに終わるわ」

彼女はそこで、もう自分が誰だか分からないし、完全に途方に暮れている、と思いながら、そのままじっとしていた。トイレを出たり入ったり、蛇口を捻《ひね》ったり締めたりする物音と、無意味で退屈な会話が聞こえてきた。一度ならずも、彼女の入っていたトイレを誰かが開けようとしたが、彼女が声にならない声を洩《も》らすと、誰もそれ以上は固執しなかった。トイレを流す音は、そのビルを丸ごと破壊し、人々を地獄へ押し流してしまいそうな、恐ろしい自然の力が生みだす音のようだった。

でも彼女が予測したように、不安は収まり、心臓の鼓動も通常に戻った。そして彼女の秘書が、自分がいないことに気づくほど有能ではなかったことにも助けられた。そうじゃなければ、オフィス全体が、大丈夫なのかとトイレに聞きに来ただろうから。

落ち着いてきたと分かった時、マリーはトイレのドアを開けて、もう一度、しばらく水で顔を冷やしてから、オフィスへと戻った。

「全然メークしてないんですね」と研修生が言った。「わたしのを貸しましょうか？」

マリーは答えようともしなかった。彼女は自分のオフィスに入って、ハンドバッグと、自分の持ち物を手に取るなり、秘書に、今日はもう家に帰るからと言った。

「でも、たくさん約束が入ってるんですよ」と秘書は反論した。

「あなたは命令する方じゃなくて、ただ命令を受けてればいいのよ。言われた通りにすればいいの。約束を全部キャンセルして」

秘書は、もう三年近く働いてきて、一度もきつく当たったことのなかったその女性をじっと見つめていた。何か、本当にいやなことでも起きたに違いなかった。もしかして、夫が家で愛人と一緒にいると誰かに教えられたのかもしれないし、燃えている最中に、現場を押さえたかったのかもしれない。

「彼女は有能な弁護士よ。きっと、ちゃんと考えてのことよ」と秘書は自分に言い聞かせた。明日になれば、彼女が謝りにくるだろうことは疑いもなかった。

でも明日なんてなかった。その夜、マリーは夫と長い話し合いを行い、自分が体験した症状を全て説明していった。二人とも、動悸《どうき》、冷や汗、感情転移感、無力感、抑制力のなさについて、理由は一つしかないという結論に達した。不安だ……。夫婦は一緒に、何が起きているのか考えてみた。夫は脳腫瘍《のうしゅよう》かもしれないと思ったが、口にはしなかった。彼女は、何か悲惨な事件の前触れかとも思ったが、彼女も何も言わなかった。二人は論理的で、分別のある、成熟した大人らしく、一緒に話せる何かを見つけようとした。

「もしかして、検査した方がいいんじゃないのか？」

それにはマリーも賛成だった。ひとつだけ条件つきで。それは誰も、子供たちでさえも、何も知ってはいけないということだった。

翌日、彼女は申請を出して、会社から三〇日の無給休暇をもらった。夫は彼女を、著名な脳障害の専門家がいるオーストリアへ連れていこうと思ったが、彼女は家から出ることを拒否した。発作はより頻繁になり、ずっと長く続くようになっていた。

マリーは鎮静剤でふらふらの状態だったので、二人は大変な思いをしてリュブリャーナの病院まで行き、色々な検査を受けた。でも特におかしなところは見つからなかった。動脈瘤《どうみゃくりゅう》さえ。これはマリーの人生にとっては、本当にホッとさせられることだった。

でもパニックの発作はまだ続いていた。彼女の夫が買い物と料理をしてくれたものの、マリーは毎日、他のことを考えたくて、取り憑《つ》かれたように家を掃除した。彼女は見つけられるだけの精神医療についての本を読み漁《あさ》り始めたが、そこで解説されるそれぞれの症例に、自分の症状を見つけてしまうような気がして、またすぐに本を閉じてしまった。

もう発作はそれほど新しいものでもなくなったが、最悪なことに、彼女はまだ、あの同じ強烈な不安と現実からの疎外感と、自制心の喪失を感じていた。それに加えて、彼女は、自分の仕事だけでなく、掃除を除いた家事全般をやってくれている夫に対して、罪悪感を覚え始めた。

時は過ぎ、状況も改善されないまま、マリーは強い苛立《いらだ》ちを感じると、それを表に出すようになった。ほんの小さなことでも癇癪《かんしゃく》を起こし、叫び始め、やがてヒステリーのように泣きじゃくった。

三〇日の休暇が終わると、マリーの同僚が家へやって来た。彼は毎日電話してきていたが、マリーは電話に出ないか、夫に手が放せないと言ってくれと頼んだりしていた。

彼はその午後、彼女が玄関に出るまで呼び鈴を鳴らし続けた。

マリーは静かな朝を送っていた。彼女が紅茶を淹《い》れ、二人でオフィスについて話していると、彼が、いつ仕事に復帰するのかと聞いてきた。

「もう戻らないわ……」

彼はエル・サルバドルについての二人の会話を思い出した。

「いつだってきみは一生懸命働いてきたし、やりたいことを選ぶ権利はあるよ」と彼はその声に何の憎しみも込めずに言った。「でも、こういう時には、仕事が一番のセラピーなんだ。旅行して、世界を見て、自分が役に立つと思うところならどこへでも行けばいいんだ。でも、オフィスのドアはいつだって開いてるよ。君が戻ってくるのを待ってるから」

それを聞いた時、マリーは涙に噎《む》せてしまった。優秀な弁護士らしく、彼は何も聞かなかった。どんな質問よりも、沈黙の方が返事をもらえる確率が高いことを彼は知っていた。

そしてその通りになった。マリーは全てを話した。映画館で起こったことから、とても支えになってくれていた夫への、ヒステリー発作まで。

「わたしはおかしいの」

「そうかもしれないね」と彼は全てを分かってるような感じで、心からのやさしさを込めながら言った。「その場合、きみにはいくつか選択肢があるよ。治療を受けるか、病気のまでい続けるか」

「わたしが感じていることに、治療なんてないの。自分の精神機能はまだ完全に把握してるし、それと同時に、こんな状態がもうこんなに長く続いてしまっていることが不安なの。いわゆる狂気の症状は何もないの。現実逃避とか、無感動とか、制御不能な攻撃性もなくて、ただ不安なだけなの」

「おかしくなった人はみんなそう言うよ。至ってノーマルだって」

二人は笑い、彼女はまた紅茶を淹れた。二人は天気、スロベニアの独立成功、クロアチアとユーゴスラビア間に高まる緊張について話した。マリーは一日中テレビを観ていたからよく知っていた。

さよならを言う前に、彼女の同僚は再びその話題に触れてみた。

「街《まち》に新しい病院がオープンしたばかりなんだけど」と彼は言った。「外国資本に支えられて、最高の治療を提供するらしいよ」

「何の治療なの?」

「不安定、と言ったらいいんだろうか。余計な不安は、確実に不安定だからね」

マリーは考えてみることを約束したが、それでも最終的な決断はしなかった。彼女はそれからひと月もパニックの発作に襲われ続けた。そして私生活どころか、結婚生活さえ崩壊寸前だということにもようやく気づいた。彼女はもう一度鎮静剤をもらい、この六〇日間で二度目の外出を試みた。

彼女はタクシーで、新しい病院へ行った。その途中、運転手は彼女が誰かの見舞いに行くのかと聞いた。

「とても居心地がいいって話だけど、本物の精神異常者もいるらしいぜ。それに治療の一部は電気ショックも含むらしいよ」

「お見舞いに行くの」とマリーは言った。

マリーの二ヶ月間の苦しみが終わるまで、一時間の会話しかいらなかった。髪を染めた、背の高い、イゴール博士という名で呼ばれる院長が、世界精神医療年報でも最近認められたばかりの、単なるパニック病だと説明した。

「それは新しい病気だという意味ではないんですよ」と彼は、ちゃんと伝えようと説明した。「何が起こるかと言うと、その症状の人は、それを隠したがるようになるんです。狂ってると勘違いされるのが怖くてね。でも、ただの身体の化学的アンバランスなんです。鬱病《うつびょう》のようにね」

イゴール博士は彼女の診断書を書いて、家へ戻るように言った。

「今はまだ帰りたくないの」とマリーは言った。「そう言われても、街へ出る勇気なんかないわ。わたしの結婚生活は地獄のようになってるし、夫だって、ずっとわたしの面倒を看《み》てきたから、回復する時間が必要なの」

そういう場合によくあることだが、株主たちが病院をフルに稼働させておきたかったがために、イゴール博士は、そんなことは必要ないんだが、とはっきりことわったうえで、彼女を患者として迎え入れることにした。

適切な精神的治療と共に、必要な治療も受けた結果、マリーの症状は治っていき、最後には完全に消えてしまった。

でもその間、彼女が入院しているという噂が、小さなリュブリャーナの町をすぐに巡っていった。そして数年来の友人で、多くの喜びと不安とを分かち合ってきたあの同僚が、ヴィレットに彼女を訪ねてきた。彼は、自分の勧めに従った彼女の勇気を褒めたが、すぐに訪ねてきた本当の理由を説明し始めた。

「もしかしたら、本当に引退してもいい頃かもしれないな」

マリーはその言葉の裏に込められた意味を知っていた。誰も、精神病院にいたことのある弁護士に、問題を託したくはないからだ。

「仕事が一番のセラピーだって言ってたじゃない。ほんの少しだとしても、もう一度働きたいの」

彼女は答えを待ったが、彼は何も言わなかった。そしてマリーはさらに続けた。

「治療を受けるべきだって言ったのは、あなたなのよ。わたしのイメージでは、退職する時は、満足して、うまくいってる時に、自由に、自発的に決断しようと思ってたのよ。こんなふうに仕事を辞めたくないわ。負けたみたいに。最低でも、自分の自信を取り戻すチャンスだけほしいの。そうしたら引退するから」

弁護士は咳払《せきばら》いをした。

「確かに、治療を受けろとは勧めたさ。でも、べつに入院しろとは言ってないぞ」

「でも、生きるか死ぬかの問題だったのよ。街へ出るのも怖くて、結婚も壊れそうになってたの」

マリーはいくら話しても無駄だと分かっていた。何を言っても、彼の気持ちは変わらない。結局、危険に曝《さら》されているのは事務所の繁栄なのだから。それでも、彼女はもう一度粘ってみた。

「この中で、わたしは二種類の人たちと暮らしてきたの。どう足掻《あが》いても社会には戻れない人たちと、完全に治っているのに、人生の責任に直面するよりも、狂ってるふりをするのを選ぶ人たちと。わたしはもう一度自分を好きになれるようになりたいの。自分で決断できるようにしたいの。自分が選んだわけではない決断を強いられたくはないの」

「ぼくらは人生でたくさんの過ちを犯すことを許されてるんだ」と同僚は言った。「自分を破壊してしまう過ちでなければね」

まったようだ。これ以上話しても埒《らち》があかなかった。彼によれば、マリーは決定的な間違いを犯してし

その二日後、べつの弁護士が訪ねてきたが、今度はべつの事務所だった。彼女の、今となっては元同僚の最大のライバルだ。マリーは嬉《うれ》しくなった。もしかして、彼女がフリーだということを知っているのかもしれない。また世の中で自分の場所を取り戻すチャンスかもしれない。

弁護士は面会室へ入ってきて、彼女の反対側に座ると、笑顔を見せて、気分はよくなったかと聞き、ブリーフケースからいろんな書類を出してきた。

「あなたの旦那《だんな》様の要請で参りました」と彼は言った。

「これは離婚届です。でも当然、旦那様は、あなたが入院している限りは、全ての入院費を払い続けるつもりです」

今度は、マリーは話し合おうともしなかった。彼女が学び、実践してきた法律で、いくらでも争いを引き延ばすことができると知りながら、彼女は全てに署名した。それから彼女はすぐにイゴール博士に会いに行き、症状が再発したと告げた。

イゴール博士は、彼女が嘘をついてることくらい分かっていたが、それでも彼は、しばらく入院期間を延長した。

ベロニカは、もう寝る時間だと思ったが、エドアードはまだピアノの傍に立っていた。

「もう疲れたのよ、エドアード。もう寝なくちゃ……」

彼が何の要求もせずに楽しんでくれていたから、昔知っていたソナタやレクイエムやアダジオを、麻酔の効いてる記憶の底から掘り起こし、ずっと彼のために弾き続けたかった。でも、彼女の身体がもう耐えられなかった。

彼はすごくハンサムだった。もしその世界から一歩踏み出して、彼女を女として見てくれたなら、この世での残り少ない夜は、人生で最も美しいものになるかもしれない。ベロニカをアーティストだと理解できるのはエドアードだけだった。ソナタかメヌエットの純粋な感情の間で、彼女は、他の誰とも結んだことのない絆を、この男と結んでいた。

エドアードは感受性豊かで、教育も受けていて、理想的な男だった。無関心な世界を破壊して、再び自分の頭の中で作り直した男だ。今度は新しい色と、新しい登場人物と、新しい物語で。そしてこの新しい世界には女性とピアノと、大きくなり続ける月があった。

「今、あなたに恋に落ちて、わたしの全てをあげられるわ」と、彼が彼女の言ったことを理解できないことを知りながらも言った。「あなたがわたしに求めてるのは、ほんの少しの音楽でしょ。でも、わたしは自分が思ってた以上の何かを持っていたわ。それでまだわたしが理解し始めたばかりのことを、あなたに話したいの」

エドアードは笑った。彼は理解してくれたんだろうか？　ベロニカは怖くなった。全ての、礼儀正しいマナー作法の教科書には、そこまで愛を直接的に口にしてはいけない、よく知らない人には特に、と書かれている。でも彼女には、失うものなんて何もなかったから、そのまま続けることにした。

「エドアード、あなたは、この地球上でわたしが恋に落ちることのできる唯一の人なの。それはわたしが死んでも、あなたはわたしを恋しいとも思わないからだけど。多重人格者がどう感じるのかまでは分からないけど、たぶん誰も恋しいとは思わないでしょ。

もしかして、まずは、なくなってしまう夜の音楽のことは恋しいと思うかもしれないけど、また月は昇るし、ソナタを弾いてくれる人はきっと誰かいるわよ。誰もが〝変人〟ばかりのこんな病院ならね」

彼女は精神病者と月がどういう関係にあるのかは知らなかったけど、異常者《ルナティック》（ルナ＝月）を意味するものとしてその言葉を使うのだから、かなり強いものなんだろう。

「それに、わたしだってあなたを恋しく思わないわよ、エドアード。わたしは死んでしまい、ここから遠いところに行ってしまうから。そしてあなたを失うのが怖くないから、あなたがわたしのことをどう思おうと、何も感じてなくても、どうでもいいの。今晩、わたしは恋する女のように弾いたわ。とてもすばらしかった。人生で最高の瞬間よ」

彼女は外の庭にいたマリーを見た。そして彼女の言葉を思い出した。そして再び、自分の前に立っている男を見つめた。

ベロニカはセーターを脱ぐと、エドアードに近づいた。もし何かするなら、今しかなかった。マリーはまだしばらく外の寒さに耐えていられるだろうし、それまでは入ってこないだろう。

彼は後退《あとずさ》りした。その目に浮かんでいたのは、こんな疑問だった。いつ、彼女はもう一度ピアノを弾くんだろう？　その作品群が世代を越えて愛されてきた、狂気の作曲家たちと同じ色彩、痛み、苦しみ、喜びで、彼の魂を満たしてくれる、あの新しい音楽を。

「あの外にいる女性がわたしに、マスターベーションしてみて、自分がどこまで行けるのか試してみろって言ったの。今まで行ったこともないほど遠くへ、本当に行けるのかしら？」

彼女は彼の手を取って、ソファの方へ引っ張っていこうとしたが、エドアードは礼儀正しく断わった。彼はピアノの横で、また彼女が弾き始めるのをじっと待ちながら、その場に立っている方がよかった。

ベロニカも最初は戸惑っていたものの、すぐに、何も失うものはないことに気づいた。彼女はもう死んだも同然だったし、自分の人生を制限してきた不安や先入観に従う意味がどこにあるのか？ 彼女はブラウス、パンツ、ブラ、パンティを脱ぐと、彼の前に真っ裸で立っていた。

エドアードは笑った。彼女にはどうしてだか分からなかったが、ただ笑ったとしか思わなかった。彼女はやさしく彼の手を取るなり、自分の性器へと運んだ。彼の手はぴくりとも動かず、そこに置かれていた。ベロニカはその考えを諦《あきら》めて、彼の手を外した。

何かが、男との身体的な接触よりも、ずっと彼女を興奮させた。何でもやりたいようにでき、何の制限もないからだろう。外にいる女性以外は、誰も起きていないだろう。

彼女の血は逆流し、洋服を脱いだ時の寒さは、もう感じなくなっていた。ベロニカとエドアードは、彼女は素っ裸で、彼は洋服を着たままで、ただ向き合っていた。ベロニカは自分の手を性器へ滑らせると、マスターベーションを始めた。前にも、一人か、パートナーと一緒の時にしたことはあったものの、こんな状況では初めてだった。男が、起こっていることに何の興味も示さないような時には。それはエキサイティングで、とても興奮した。立ったまま両脚を開いて、ベロニカは自分の性器と胸と髪を触り、今までしたことがないように自らに身を委《まか》せたが、それはその遠い世界からエドアードを引っ張り出したいからではなく、彼女が一度も体験したことのなかったことだっただからだ。

彼女は何かしゃべり始め、信じられないようなことを口走った。彼女の両親も友だちも、祖先も、完全に猥褻《わいせつ》と思うようなことを。最初のオルガズムがくると、彼女は悦《よろこ》びで叫んでしまわないように唇を噛《か》みしめた。

エドアードは彼女を見ていた。その目には今までと違う光が宿っていた。彼女の身体から放散されているエネルギーと熱と汗と匂いに反応しているだけだったとしても。ベロニカはまだ満足していなかった。彼女はしゃがみ込んで、もう一度マスターベーションを始めた。

彼女は自分に禁止されてきた全てのことを考えながら、圧倒的なオルガズムの悦びで死にたかった。彼女は彼に自分を触ってくれるよう、無理矢理してくれるよう、彼のやりたいように利用してくれるように懇願した。彼女はまた、ここにゼドカもいてくれたらいいのにと思った。女の方が、どんな男よりも、女性の身体にどう触れればいいか分かってるから。身体の秘密を全て知り尽くしているから。

立ち尽くしていたエドアードの前に跪《ひざまず》いて、彼女はすっかり取り憑《つ》かれ、感動し、彼にどうしてほしいかを卑猥な言葉で説明した。またオルガズムを迎えた。まるで周りの全てが爆発するんじゃないかと思うような、今までで一番強いものを。彼女は午前中の心臓発作を思い出したが、そんなことはどうでもよかった。彼女はものすごい快感の大爆発の中で死ぬことになるわけだから。彼女は、エドアードに触れたいと思った。彼は目の前にいたから。でも、その瞬間《とき》を壊すような危険は冒したくはなかった。彼女は、マリーの言ったように、遠く、さらに遠くまで行っていた。

彼女は女王様にも奴隷にも、支配する側にも犠牲者にもなっている自分を想像した。想像の中で、彼女は、白、黒、黄色と、あらゆる肌の色の男たちとも、ホモセクシャルとも、ホームレスとも愛を交わした。彼女は誰のものでもあり、誰でも彼女に何をしてもよかった。彼女は次から次へ、さらに一回、二回、三回のオルガズムを迎えた。彼女は今まで妄想を描いてきたことを全て想像して、最も下品で最も純粋と思えるものに身を委《ゆだ》ねた。そして最後には、もうそれ以上我慢できずに、たくさんのオルガズムによる苦しみと、彼女の意識の扉から身体に入っては出ていったたくさんの男と女からのあまりの悦びに、叫んでしまっていた。

彼女は床に寝転んだまま、全く身動きもとれずに汗に塗《まみ》れていたが、心は完全に満たされていた。どうしてかは言えなかったものの、彼女は自分自身にもその秘密の欲望をひた隠しにしていた。でももう答えは必要なかった。彼女が今したことを、すでにやり遂げてしまっただけで十分だった。彼女は自分を完全に捧《ささ》げてしまった。

世界は少しずつ元へ戻っていき、ベロニカは立ち上がった。エドアードは、その間も全く手を出していなかったが、前とは何かが違っていた。その目はやさしさに溢《あふ》れていた。とても人間的なやさしさに。

「あまりによくって、全てに愛を感じるわ。多重人格者の目にもね」

その部屋に第三者の存在を感じた時には、彼女はもう洋服を着始めるところだった。

そこにはマリーがいた。ベロニカは、彼女がいつ入ってきたのか、何を聞いたのか、見たのかも分からなかったが、それでも、何の恥ずかしさも不安も感じなかった。彼女はただベロニカを遠い目で見ていただけだった。予期せずして、近くに来すぎてしまった人みたいに。

「あなたが提案してくれたようにしたわ」とベロニカは言った。「そしてわたしはかなり遠くまで行ってみたの」

マリーは何も言わなかった。彼女は自分の過去の大切な時間を思い出していて、なんとなく落ち着かなかった。もしかして、世の中へ戻る時が来たのかもしれない。外のものと向き合うために。精神病院に入ったことがなくても、誰でも、お高いサークルのメンバーになれるんだと伝えるために。

例えば、ヴィレットにいる唯一の理由が、自分の人生を奪おうとしたからだということの若い女性のように。彼女はパニックに陥ったことも、鬱《うつ》も、幻視的なビジョンも、精神病など、意識が導いてくれる限界を体験したこともなかった。彼女はたくさんの男を知っていたものの、自分の最も隠された欲望を経験したことがなく、その結果、人生の半分が彼女にとって未知のものだった。もし、誰もがそれを理解して、自分の中の狂気と共存していくことができたなら。世界はずっとひどい場所になるだろうか？　いや、そんなことはない。人はよりフェアになり、幸せになれるだろう。

「どうして今まであそこまでしなかったのかしら？」

「彼はまだ音楽を弾いてほしいのよ」とマリーは言うと、エドアードを見た。「あなたにはまだその借りがあると思うわ」

「弾いてもいいけど、わたしの質問の方が先よ。どうして今まであんなことしなかったのかしら？　もし自由で、自分の考えたいように考えることができるなら、どうして禁じられた状況を思い描くことをずっと避けてきたのかしら？」

「禁じられた？　わたしはね、弁護士で、法律をよく知ってるの。それにカトリックで、前は聖書を部分的に暗記してたくらいよ。でも〝禁じられてる〟ってどういうこと？」

マリーは近寄り、彼女がセーターを着るのに手を貸した。

「わたしの目を見て、わたしの言うことを絶対に忘れないで。禁じられてることは二つしかないの。ひとつは人の法で、もう一つは神のものよ。まず、何があっても、人に性的な関係を強要しないこと。レイプと見なされてしまうから。そして絶対に子供と性的関係を結ばないこと。それは一番ひどい罪になるからよ。それ以外なら全て自由よ。あなたがほしがってるものと全く同じものを求めている人は絶対にいるから」

マリーは死にそうな人に大事なことを教えるほどの忍耐力はなかった。彼女は笑顔と共に、おやすみを言って、部屋を出た。

エドアードは動かなかった。まだ音楽を待っていた。ベロニカは、ずっと立ったまま、不安も嫌悪も感じずにいたが、ただ彼女の狂気の証人となってくれただけで彼が与えてくれた測り知れない悦びに報いなければならなかった。彼女はピアノの前に座って、もう一度弾き始めた。

彼女の心は軽く、今では死への不安も、彼女を苦しめなかった。彼女はずっと自分で隠してきたことを体験した。処女と娼婦《しょうふ》、奴隷と女王様の悦びを体験した。どちらかと言えば、女王様より、奴隷の方が多かったが。

その夜、まるで奇跡のように、彼女の知っていた音楽の全てが記憶に蘇《よみがえ》り、彼女が経験したのと同じくらいの悦びを、エドアードにも感じさせてあげようと演奏した。

電気を点《つ》けると、イゴール博士は、オフィスの待合室で若い女性が待っているのを見て驚いた。

「まだとても早いよ。それに今日は完全にスケジュールが埋まってるんだ」

「早いのは分かってるわ」と彼女は言った。「それに一日はまだ始まってもいないわ。ただ少し話したいの。少しでもいいから。あなたの助けが必要なの」

彼女の目の下には深い隈《くま》があり、髪は艶《つや》を失っていた。一晩中起きていた人に典型的な症状だった。

イゴール博士は彼女を部屋へ通すことにした。

彼は電気を点けて、カーテンを開けながら、彼女に座るように言った。あと一時間足らずで夜明けになり、そうなれば電気代も節約できる。株主たちは、どんなに小さなものでも、経費に関しては煩《うるさ》かった。

彼は日誌を急いでめくった。ゼドカは最後のインシュリン・ショックを受けて、前向きに反応した。非人間的な治療を生き残ったという意味で。それでもこの患者の件に関して、イゴール博士は、その結果に病院の委員会が全責任を負うという誓約書に署名するように要求した。

彼は報告書に目を通し始めた。二、三人の患者が夜中に攻撃的な振る舞いをし、看護師の報告によれば、その中の一人がエドアードだった。彼は午前四時に自分の病棟へ戻ると、睡眠薬を飲むのを拒否した。イゴール博士は行動を起こさなければならなかった。ヴィレットの中がどれだけ自由でも、厳しく、保守的な施設のイメージを存続させなければならなかった。

「とても大事なことを聞きたいの」とベロニカは言った。でもイゴール博士は彼女を無視した。彼は聴診器を手に取って、彼女の心臓と肺の音を聴き始めた。彼女の反射神経を診て、小さな懐中電灯で彼女の網膜の裏を診察した。もうほとんどヴィトリオル中毒、というか、ある人たちが呼ぶような、〝憂鬱〟の徴候がないことを確認した。

彼はすぐに電話を取って、難しい名前の薬を持ってくるように、看護師に言いつけた。

「昨夜、あなたは注射を受けなかったようですね」と彼は言った。

「でも、わたしはずっと気分がいいわ」

「わたしには顔を見るだけで分かるんだ。目の下の黒い隈、疲労感、一瞬の反射神経の遅れからね。残された少ない時間を有効に使いたいなら、わたしの言う通りにすることだね」

「だからここへ来てるんです。その少ない時間を有効に使いたいんです。ただわたしなりのやり方で。実際、どれくらいの時間が残されてるんです？」

イゴール博士はメガネの上から彼女を見た。

「言ってもいいのよ」と彼女は言った。「もう怖くも、無関心でもないの。生きたいのよ。でもそれには十分じゃないことは分かってる。運命を受け入れるわ」

「なら、何が望みなんだい？」

看護師が注射器を持って現われた。イゴール博士が頷《うなず》くと、看護師はベロニカのセーターの袖《そで》をやさしく捲《めく》り上げた。

「どれだけ時間が残されてるの？」とベロニカは、看護師が注射する間に、もう一度言った。

「二十四時間だ。もしかしたらもっと少ないかも」

彼女は下を向いて唇を嚙《か》んだが、なんとか落ち着きを保った。

「二つだけお願いしたいことがあるの。まず、残りの人生の全ての時間を楽しむために、ずっと起きてられるように、注射でも何でもいいから、薬がほしいの。とても疲れてるわ。でも眠りたくはないの。やらなければならないことがたくさんあるから。人生が永遠に続くと思っていたころに、将来のある時まで引き延ばしてきたことを。人生は生きる価値がないと信じ始めた時から、興味を失ってしまったことを」

「それで二つ目の頼みは何だね？」

「外で死ねるように、ここを出たいの。リュブリャーナ城へ行きたいの。いつもそこにあったのに、そこへ行って、近くで見てみたいという好奇心さえ一度も感じたことがなかったの。冬に栗を売り、春に花を売る女の人に話しかけたいの。互いに何回も通りすがってるのに、一度も、元気かどうかも聞いたことがなかったから。それにジャケットも着ないで外へ出て、雪の中を歩きたいの。極度の寒さがどういうものかも知りたいの。いつもたくさん着込んで、風邪をひくのが心配だったの、このわたしがよ。

要するにね、イゴール博士、顔に雨を感じて、魅力的だと思う男性に笑いかけたいの。母親にキスして、愛してると言って、その膝《ひざ》で泣いて、感情を見せることが恥ずかしいだなんて思いたくないの。隠そうとしてたけど、ずっとそこにあったものだから。

教会に入って、自分には何の意味もなかったイメージを見て、今、自分にとって何か意味があるかどうか見てみたいの。おもしろそうな男がクラブへ誘ってきたら、わたしは受け入れて、倒れるまで踊り明かすの。それから彼とベッドに行くけど、今まで他の男たちと、全てをコントロールしようとして、感じてもいないことも感じてるふりをしながら寝てた時とは違うの。わたしは自分を、一人の男に、一つの街《まち》に、人生に、そして最後には、死に捧《ささ》げたいの」

ベロニカが話し終えると、重い沈黙だけが残った。医師と患者は互いの目を見つめ合いながらも、二十四時間のあらゆる可能性に気を奪われて、気も漫《そぞ》ろになっていた。

「それでは、興奮剤をあげるとしよう。でもなるべく飲まない方がいい」とイゴール博士はようやく言った。「きみの目を覚ましてくれるが、体験したいものを全て体験するために必要な落ち着きも奪ってしまうからな」

ベロニカは気分が悪くなり始めた。注射される度に、いつも身体の中で何か悪いことが起きていた。

「顔色が悪いね。眠った方がいいかもしれないな。また明日の朝、話そうじゃないか」

彼女はもう一度泣きそうになったが、なんとか気持ちを抑え込んだ。

「ご存じのように、もう明日なんてないの。疲れたのよ、イゴール博士、疲れてるの。だから薬を頼みに来たのよ。一晩中起きてて、半分切迫して、半分はもう諦《あきら》めてたの。きのうのように、またあの恐ろしいヒステリーが来ても耐えられるかもしれないけど、それで何の意味があるって言うの？　もし二十四時間分の人生がまだ残ってて、本当にたくさんの体験がわたしを待ってるなら、絶望はよそへやった方がいいと思うの。

お願い、イゴール博士、わたしに残された、わずかな時間を生きさせて。明日がもう遅すぎるってことくらい、二人とも分かってるはずだから」

「今は寝なさい」と医者は言った。「そして昼頃にまた戻りなさい。それからまた話そうじゃないか」

ベロニカは、もうどうしようもないと分かった。

「それじゃ、少し寝てから戻ってくるわ。でも、あともう少しだけ話してもいい？」

「少しだけだよ。今日はとても忙しいんだから」

「なら、はっきり言っておくわ。きのうの夜、初めて、全く抑圧されることなくマスターベーションしたの。今までは恐ろしくて考えられなかったことを想像して、前は怖かったか、嫌悪してたことに悦《よろこ》びを感じられたの」

イゴール博士は、彼にできる最も専門家らしい態度を採った。彼にはこの会話がどこへ向かっているのか見当もつかず、上司との問題は避けたかった。

「自分が変態だってことが分かったのよ、ドクター。それが自殺未遂に何らかの影響を与えてるのかどうかを知りたいの。自分について知らないことがあまりに多すぎたから」

「彼女にはもう答えをやらないわけにはいかないな」と彼は秘《ひそ》かに思った。「看護師を呼んで、この会話の証人にするのもまずい。性的虐待での訴訟の可能性は避けた方が賢明だろう」

「我々は皆、違うものを欲しているんだ」と彼は答えた。「我々のパートナーも同じだ。それのどこがおかしいんだい？」

「わたしが教えてほしいわ」

「全てがおかしいのさ。人が夢を見る時、実際に夢を実現できるのはほんの一握りだが、それで人は臆病《おくびょう》になるんだ」

「その一握りが正しくても？」

「正しい人は、それがただ一番強い人ってだけなんだ。この場合、矛盾してるが、臆病な人ほど勇ましくなって、彼らは他の人たちみんなにその考えを押し付けてしまおうとするのさ」

イゴール博士はこれ以上続けたくはなかった。

「さあ、頼むから、少し休んできなさい。まだ他の患者たちを診察しなければならないから。言う通りにすれば、きみの二つ目の要望については何ができるか考えてみようじゃないか」

ベロニカは部屋を出ていった。医師の次の患者は、近々退院することになっていたゼドカだったが、イゴール博士は彼女に少し待ってくれるように言った。今の会話を少し書き留めておきたかった。

ヴィトリオルについての論文の中で、彼はセックスについての長い章を書き加えなければならないだろう。結局、あまりに多くの神経症や精神病がセックスに起因していたからだ。彼は、幻想というものが脳から送られる電気的な刺激で、もし実現されなければ他の部分へそのエネルギーを放散してしまうのだと信じていた。

イゴール博士は医学生の頃に、性異常者についての興味深い論文を読んだ。サディズム、マゾヒズム、同性愛、食糞行動《コプロファギー》、コプロラリア（音声チック、卑猥《ひわい》な暴言を抑えられずに吐き出すこと）、覗《のぞ》き趣味など、そのリストは延々と続いた。最初彼は、そういったことはパートナーと健全な関係を維持できない、少数の不適格者だけの異常な行動の例だと考えていた。

ところが、精神科医の仕事で経験を積み、患者たちと話していくにつれ、彼は、誰もが語られるべき変わった物語を持っていることに気づいた。患者たちは、彼のオフィスの座り心地のいい椅子に座り、床を見つめながら、彼らが〝病気〟と呼ぶもの（まるで自分が医者みたいに）や、倒錯（まるで精神科医の彼には、何が異常で、何が異常じゃないか決められないみたいに）についての、長い論述に突入した。

そして次から次へと、そんな普通の人々が、性的マイノリティについての有名な専門書に見受けられるような幻想を説明し始めるのだ。それは実際、パートナーの権利を侵さない限りは、自分の好きなオルガズムを迎える権利を守るという内容の本だったが。

修道院の学校で勉強してきた女性は、性的に陵辱されることを夢見た。スーツにネクタイの男や、政府高官たちは、その足を舐《な》めたい一心で、ルーマニアの娼婦《しょうふ》に大金を払ったことを彼に話した。少年に恋する少年。同級生に恋する女子校生。自分の奥さんが全く知らない人とセックスしているところを見るのが好きな夫たち。男が浮気したと感づく度にマスターベーションしてしまう女たち。最初にドアベルを鳴らした配達人に身体を投げ出したい衝動を抑えなければならない母親たち。厳しい国境警備を潜《くぐ》り抜けてきた風変わりな女装趣味者との秘密の冒険について語る父親たち。

そして乱交だ。全ての人が、人生で一度は乱交してみたいと思っているようだ。

イゴール博士は、一瞬ペンを置いて、自分の場合について考えてみた。自分はどうなんだろう？　そう、自分もやってみたかった。彼の想像では、乱交は、快感と混乱だけで、もはや所有欲などは存在しない、どこか完全な無法状態で、快楽に満ちたものだった。

それが、憂鬱《ゆううつ》に毒された人が、これほど多くいる主な理由なのか？　押し付けの唯一神教に制約を受けた結婚の場合、イゴール博士が医学図書室に安全に保管していた調査書によれば、性的欲望は一緒に住んで三年か四年で消えてしまう。それから妻は、拒絶されたように感じ、夫は閉じ込められているように思い、ヴィトリオル、またの名は、憂鬱が、全てを食い潰《つぶ》すようになる。

人がなぜ神父よりも、精神科医に対してよりオープンに話せるのかといえば、精神科医は地獄を持ち出して脅すことなどないからだ。精神科医としての長いキャリアの間、イゴール博士は、彼らが話さねばならないことはほとんど全て聞いていた。

博士に〝話す〟のは、彼らがほとんど何も〝した〟試しがないからだ。この仕事に就いて何年にもなるが、彼は未《いま》だに、どうして彼らが人と違うことをそこまで怖がるのかを疑問に思っていた。

その理由を聞いた時の、最も一般的な答えは、妻の場合、「夫はきっと、わたしが娼婦のようだと思うわ」で、夫の場合には、「妻にはちゃんと敬意を払うべきだから」だった。会話はたいていそこで止まってしまった。全ての人の指紋が違うように、誰もが人とは違う性的な顔を持っているものだから、と言っても無駄で、誰も信じようとはしなかった。ベッドで自由に振る舞うことは、とても危険なことだった。相手がまだ先入観の奴隷と化しているのではないかという不安が常にあった。

「べつに一人で世界を変えるつもりもないからな」と彼は断念して、元鬱病のゼドカを呼び入れるよう看護師に言った。「でも論文でなら、思うままに書いてもいいだろう」

エドアードは、ベロニカがイゴール博士の診察室から出てきて、病棟へ戻っていくのを見ていた。彼は、前の夜に、彼女が自分に身体を開いてくれたのと同じくらいの誠実さと自由さで、自分の秘密を彼女に話し、心を開きたいような気がした。

多重人格者としてヴィレットに来てから経験した最も厳しい試練だった。でもなんとか彼は抵抗した。世の中へ戻りたいという欲求が、彼を落ち着かなくさせてはいたが。

「あの若い女性が、今週末まで保《も》たないことは誰から見てもはっきりしている。意味がないじゃないか」

それとももしかして、それだからこそ、彼女に自分の物語を話したほうがいいのかもしれなかった。三年もの間、彼はマリーとしか話したことがなかったが、それでも、彼女が自分を本当に理解してくれたのかどうかまでは分からなかった。一人の母親として、マリーは彼の両親の方が正しく、両親は彼のためを思っているだけだと考えているだろう。彼の楽園のビジョンは、現実世界から完全に逸脱した思春期の子供のバカな夢想だと言うかもしれない。

楽園のビジョン。それこそが、彼を地獄へと、出口のない家族との口論へと、何もできないと信じ込ませるほどの強い罪悪感へと導いたものだ。そして最終的に、彼はべつの世界に避難場所を見つけた。だからマリーがいなかったら、彼は今でも分断された現実に生きていただろう。

でもそんな時にマリーが現われた。彼女は彼の面倒を見てくれて、もう一度人に愛されているという気持ちにさせてくれた。彼女のおかげで、エドアードはまだ周りで何が起きているのか知ることができた。

数日前に、自分と同じ年齢の若い女性が、『ムーンライト・ソナタ』を弾くためにピアノの前に座った。それ以来、エドアードはまた楽園のビジョンに悩まされるようになり、それが音楽のせいなのか、若い女性のせいなのか、月のせいなのか、ヴィレットで長い時間を過ごしたせいなのか分からなかった。

彼は女性の病棟までついていったが、すぐに看護師に行く手を阻まれてしまった。

「ここには入れないんだぞ、エドアード。庭へ行きなさい。そろそろ夜明けだし、すばらしい日になるよ」

するとベロニカが振り向いた。

「少し寝るだけよ」と彼女はやさしく言った。「また起きた時に話しましょ」

ベロニカもなぜかは分からなかったが、その若者は彼女の世界の一部か、そのわずかに残された一部になっていた。エドアードが自分の音楽を理解していることを、彼女の才能を楽しんでいることを確信していた。もし彼が一言もしゃべれなかったとしても、その目が全てを物語っていた。たった今も、病棟のドアの前で、彼女が聞きたくないことを語りかけていた。

やさしさ、そして愛。

「精神病患者と一緒に暮らしてると、わたしもすごいスピードでおかしくなっていってるわ。多重人格者はそんなことは感じないはずよね、他の人間に対しては」

ベロニカは戻って、彼にキスしたいような衝動に駆られたが、そうはしなかった。それを見た看護師は、きっとイゴール博士にそれを話すだろうし、ドクターは、多重人格者にキスするような女性をヴィレットに置いてはおかないだろうから。

エドアードは看護師を見た。その若い女性に思っていた以上に惹かれていたが、自分を抑えなければならなかった。彼はマリーにアドバイスを求めることにした。彼が秘密を話していたのは、彼女だけだった。彼女は疑いもなく、彼が聞きたいと思っていたことを話してくれるだろうし、こういう場合には、愛は危険で、意味もないものだと言うだろう。マリーはエドアードに、バカなことはやめて、普通の多重人格者に戻るように言うだろう（そして彼女は自分の意味のない言葉に、明るくけたけたと笑うだろう）。

彼は他の患者たちのいる食堂へ戻ると、与えられたものを食べて、義務となっている庭の散歩をするために外へ出た。〝日向《ひなた》ぼっこ〟の間（その日の気温は零下だった）、彼はマリーの近くへ行こうとしたが、彼女はどうも一人になりたそうだった。彼女が何も言わなくても分かった。人が必要としていることを尊重できるくらいには、エドアードも十分、孤独というものを理解していた。

新しい患者がエドアードに寄って来た。彼は明らかに、まだ誰も知らないようだった。

「神が人間を罰したのです」と彼は言った。「疫病により罰したのです。だが、わたしは夢で神を見て、神はここへ来て、スロベニアを救うように言ったのです」

男はまだ叫び続けていたが、エドアードはそこを離れようとしていた。

「わたしが狂ってると思ってるのか？　それなら福音書を読みなさい。神がたった一人の息子を送り、その息子は再び蘇《よみがえ》ったのです」

でもエドアードには、もう何も聞こえていなかった。彼は遠くの山を眺めていて、自分に何が起きているのかを考えていた。ずっと願ってきた心の平和をようやく見つけたというのに、どうしてここを出たいと思っているんだろう？　全ての家族問題が解決した今になって、どうしてまた彼の両親を辱めるようなことをするんだろう？　彼は興奮し始めて、往《い》ったり来たりしながら、マリーが沈黙から出てきて話せるようになるのを待っていたが、彼女は今まで以上に遠く感じられた。

彼はヴィレットからどうやって逃げればいいか知っていた。警備は厳しそうに見えたが、実際は穴だらけだった。人はヴィレットに一度入ると、そこを出る欲求をほとんど感じなくなってしまうからだ。西側には、足場がたくさんあり、簡単に登り越えられる壁があった。壁を乗り越えた人は、すぐに田舎へ出て、五分もすれば、北のクロアチアへと向かう道に出られるだろう。戦争は終わっていた。兄弟は再び兄弟に戻り、国境線は以前のように警備されることもなくなっていた。少しの運で、六時間もすればベオグラードに着けるだろう。

エドアードはもう何度もその道に出ていたが、前へ進んでもいいという合図を受けなかったので、いつもまた戻ってくることになった。でも今回は状況が違った。合図は、グリーンの瞳《ひとみ》に茶色い髪の、自分が何をほしいか知っている人の驚いたような顔となって、ようやく届いた。

エドアードは今度こそ、壁を越えて、スロベニアを出て、二度と戻るまいと思っていた。でも、あの女《ひと》は寝ていたし、彼女にさよならだけは言いたいと思った。

みんなが〝日向ぼっこ〟を終えて、クラブがラウンジに集まり始めると、エドアードも一緒に加わった。

「精神異常者がここで何をしてるんだ？」とグループの一番年配のメンバーが言った。

「からかうのはやめなさいよ」とマリーは言った。「わたしたちだって狂ってるんだから」

彼らはみんな笑い、前日のレクチャーについて話し始めた。議題は、スーフィの瞑想《めいそう》で世界は変えられるか。理論と共に、提案、方法論、逆説、講演者への批判、何世紀も耐えてきたものをよりよくする方法、が論じられた。

エドアードはこういう話し合いには飽き飽きしていた。この人たちは、自分を精神病院に閉じ込めたまま、何の危険も冒さずに世界を救おうとしていたが、それは外では、いくらそんなアイデアのいくつかは実用的かもしれなくても、みんなにバカげていると思われてしまうからだ。誰もが、何ごとに対しても自分の理論を持っていて、自分の真実だけが大事だと信じていた。彼らは昼も夜も、何週間も、何年間も話し続けた。よくも悪くも、アイデアというものは、誰かが実践して初めて存在し得るものだという事実を永遠に受け入れることもなく。

スーフィの瞑想とはどんなものなのか？　神とは何か？　もし、世界を救う必要があるなら、救済とは何なのか？　何の意味もない。もしそこにいる人たちが、ヴィレットの外にいる人も含めて、ただ自分の人生を生きて、他の人にもただそれを許したなら、神は全ての瞬間にも、マスタードの一粒にも、生まれては消えゆく雲のどの部分にも、存在することになる。神はそこにいるのに、それでも人はまだ探し続けなければならないと信じていた。人生はただ信じることだということを受け入れるのでは、あまりに簡単すぎてしまうから。

彼は、ベロニカがピアノに戻ってくるのを待っている時に、スーフィの教祖が教えていた訓練を思い出した。ただバラを見ること。それ以上何が必要だと言うのか？

それでも、その深い瞑想体験を終え、楽園のビジョンへかなり近づいた後でも、彼らはその場に残って、話し合い、議論し、批判し、理論を作り出していた。

彼はマリーと目が合った。彼女はすぐに目を逸《そ》らしたが、エドアードはこんな状況に止《とど》めを刺したかった。彼は、マリーのところまで行くと、彼女の腕を掴《つか》んだ。

「やめなさい、エドアード」

彼にはこう言うこともできた。「おれと一緒に来るんだ」でも彼は、これだけの人の前で、そんなことはしたくなかった。彼のあまりにまっすぐな口調に驚いてしまうだろうから。だから彼は跪《ひざまず》いて、彼女に哀願するように見上げる方法を選んだ。

男も女も笑った。

「マリー、あなたは彼の聖母になったんだよ」と誰かが言った。「きのうの瞑想のせいなんじゃないのか?」

でもエドアードの何年分もの沈黙は、彼に目で訴える力を与えていた。彼は全てのエネルギーをそこに注ぐことができた。エドアードは、ベロニカが彼のやさしさと愛情を理解してくれていると確信したのと同じように、マリーも彼の絶望を理解していることを知っていた。本当に彼女を必要としていたから。

マリーはもう少し抵抗したが、立ち上がると、彼の手を取った。

「散歩に行きましょう」と彼女は言った。「興奮してるのね」

二人はまた庭へ出た。十分な距離のところまで来て、誰にも聞こえないと確信したところで、エドアードは沈黙を破った。

「もう何年もヴィレットにいるんだ」と彼は言った。「両親に恥をかかせるのはやめたし、野心も全て捨てたけど、それでもまだ楽園のビジョンが消えないんだ」

「分かってるわ」とマリーは言った。「もう何度もそれについては話してきたし、何が言いたいのかは分かってるわ。もうここを出る時が来たのよ」

エドアードは空を見上げた。マリーも同じように感じていたんだろうか？

「それはあの女の子のせいね」とマリーは言った。「たくさんの人がここで死んでいくのを見てきたわ。一番予期してなかった時に。それも、たいていは完全に人生を諦《あきら》めてしまった時にね。でも、まだ将来のある、若くて、かわいい、健康な人に起こるのを初めて見たの。永遠にヴィレットにいたくないと思ってるのはベロニカだけよ。それでわたしたちも自分に問いかけてしまうの。わたしたちはどうなの？　わたしたちはここで何してるの？」

エドアードは頷《うなず》いた。

「そしてきのうの夜、わたし自身も、この病院で何をしてるのか自問したの。そして広場に行き、三本橋まで歩いて、劇場の向かい側の市場でリンゴを買いながら、天気の話をするのがどれだけ楽しいことかって考えたの。そりゃ、他の長いこと忘れていた問題に苦しむことになるわ。未払いの請求書、近所の人たちとのトラブル、わたしを理解できない人たちの皮肉っぽい目、孤独、わたしを咎《とが》める子供たちとか。でもその全てが人生の一部だと思うの。それに、そんな小さな問題に対処するために支払う代償は、それが自分のものであることを認めない代償よりも、ずっと小さいものなの。今夜、前の夫のところへ行こうと思ってるの。〝ありがとう〟って言うためだけにね。どう思う？」

「分からないよ。ぼくも両親の家へ行って、同じようにするべきだと思う？」

「できればね。基本的に、わたしたちの人生で起きている全てのことが自分たちのせいで、誰のものでもないの。たくさんの人が同じ困難を体験していて、みんな全く違う反応をするの。わたしたちは簡単な逃げ道を選んでしまったの。違う現実、をね」

　エドアードは、マリーが正しいことは分かっていた。

「また生きたいって思い始めてるのよ、エドアード。勇気がなくて犯せなかった過ちを、犯してみたいのよ、またやってくるかもしれないパニックに立ち向かいながら。その存在はたんにわたしを落ち込ませるだけで、そのために、死んだり、失神したりしないのは分かってるから。新しい友だちを作って、賢く生きるために、どう狂えばいいのかだって教えてあげられる。きちんとした行動のマニュアルに従うのでなく、自分の人生、欲望、冒険を発見して、〝生きろ〟って教えてやるの。伝道の書からカトリック、コーランからムスリム、トーラーからユダヤ教、アリストテレスから無神論まで引用するわ。二度と弁護士にはなりたくないけど、その経験を使って、わたしたちの存在の真実を知っていた男女についても講演できる。彼らの著作はたったの一語で表現できるわ。生きること、よ。もし生きてれば、神もあなたと共に生きるわ。もし神の危険を冒すことを拒絶すれば、神はあの遠い天界へ引きこもり、単なる哲学的な思索の対象にしかならなくなるわ。誰でもそんなことは分かってるのに、最初の一歩を踏み出さないの。精神異常者って呼ばれるのが怖いからかもしれないけど。少なくとも、わたしたちは怖くないわ、エドアード。わたしたちはすでにヴィレットの患者なんだから」

「ぼくらにできないのは、共和国の大統領候補として立候補することだけさ。対立候補がぼくらの過去を必ず詮索《せんさく》するからね」

マリーは笑って頷いた。

「わたしはもうここの生活に疲れたわ。不安を乗り越えられるかどうかは分からないけど、もうこのクラブはたくさんよ。この庭も、狂ってるふりをするのもね」

「ぼくがやったら、マリーもやる？」

「あなたはやらないわ」

「少し前に、やりそうになったところだよ」

「分からないわ。もうこんなことは疲れたの。でも慣れてもいるのよ」

「多重人格と診断されてここへ入った時、あなたは何日も、何ヶ月も、ぼくに話しかけて、人間として扱ってくれた。自分が送ることにした人生と、ぼくが作り出したべつの人生にも慣れてきていたのに、あなたはそうさせてはくれなかった。ぼくはあなたが大嫌いだったけど、今は愛してるよ。マリーにはヴィレットを出てほしいんだよ。ぼくが違う世界から出たように」

マリーは何も言わずにその場から消えた。

小さくて、誰も利用する人のいないヴィレットの図書館で、エドアードは、マリーの言ったコーランも、アリストテレスも、他の哲学者の名前も見つけられなかった。その代わり、彼はある詩人の言葉を見つけた。

それからわたしは心の中で呟《つぶや》いた、マヌケに起きたように
わたしにも起きるかも……
自分の道を進みなさい、喜んであなたのパンを食べよ
そして明るい心であなたのワインを飲みなさい
神はすでにあなたの仕事を受け入れた
その生地は常に白くしなさい
そしてその頭に軟膏《なんこう》が足りなくならないように
あなたの愛する妻と楽しんで生きなさい
あなたの虚栄の、人生の全ての日々
あなたの太陽の下で彼が与えた
あなたの虚栄の全ての日々……

それがあなたの人生の一部だから
そしてあなたが太陽の下で働いたその労働で
あなたの心が導く方へ歩くのだ
その目の見る方へ
でも自分を知りなさい、そんな全てのために
神はあなたを判断するだろうから

「神はぼくに判断を下すだろう」とエドアードは大きな声で言った。「そしてぼくは言う。〝自分の人生のある時、わたしは風を見て立っていて、わたしは耕すのを忘れたし、楽しんで生きていなかったし、自分に出されたワインを飲みもしなかった。でもある日、わたしはすでに自分を裁いて、仕事へ戻った。わたしは自分の楽園のビジョンについて人に話した。ボッシュ、ファン・ゴッホ、ワグナー、ベートーベン、アインシュタインと、その他の狂人がしたように〟よし、ぼくが若い女が死ぬのを見たくなくて、病院を出たと、神に言わせよう。彼女は天国にいるだろう。そしてぼくのために取りなしてくれるだろう」

「何を言ってるんだい？」と図書館を取り仕切っていた男が言った。

「ヴィレットを出たいんだ」とエドアードは、いつもより少し大きな声で言った。「やらなければならないことがあるんだ」

図書館の司書がベルを鳴らすと、少ししてから、看護師が二人現われた。「ここから出たいんだ」とエドアードはもう一度、興奮して言った。「ぼくはもう大丈夫だ。イゴール博士と話をさせてくれ」

でも二人の男は、片方ずつ腕を摑《つか》んで、すでに彼を取り押さえていた。意味はないと知りながらも、エドアードは彼らの腕を振り払おうとした。

「精神的に参ってるだけさ。落ち着くんだ」と一人が言った。「おれたちに任せておけ」

エドアードは抵抗し始めた。

「イゴール博士と話をさせてくれ。言いたいことがたくさんあるんだ。絶対に分かってくれるよ」

男たちはすでに、彼を病棟へ引っ張っていこうとしていた。

「放してくれ」と彼は叫んでいた。「少し話をさせてくれ」

病棟へはラウンジを通るしかなくて、そこには他の患者たちが集まっていた。エドアードは抵抗し続けていて、なんだか事は醜くなり始めていた。

「放してやれよ！　そいつ狂ってるんだぜ！」

何人かは笑い、他の者たちは手で椅子やテーブルを叩《たた》き始めていた。

「ここは精神病院だ。誰にもおまえのような振る舞いは許されないんだよ」

一人の看護師が、もう一人に小さな声で言った。

「少しびびらせてやろうぜ。でないと、完全に手に負えなくなるからな」

「方法は一つだな」

「イゴール博士は気に入らないぞ」

「この狂人のギャングが、彼のかわいい病院を破壊し始めたら、気に入らないどころじゃ済まないだろ」


ベロニカは驚いて、冷や汗をかいたまま目を覚ました。外でひどい物音がして、また眠りに落ちるには静寂が必要だった。でも騒音は鳴り響き続けた。

彼女が少しクラクラしながらベッドから出て、ラウンジへ行くと、ちょうどエドアードが引っ張って行かれるところで、他の看護師たちがどんどん注射器を持って入ってきた。

「何をしてるの？」と彼女は大きな声で言った。

「ベロニカ！」

多重人格者が彼女に呼びかけた。彼女の名前を呼んでいた。驚きと恥ずかしさが綯《な》い交《ま》ぜとなったまま、彼女は近づこうとしたが、看護師の一人が彼女を止めた。

「何するんだ？　おれはおかしいからここにいるわけじゃないんだ。こんな扱いひどいじゃないか」

彼女は、他の患者たちが怒鳴って、恐ろしい騒音とも思える騒ぎを起こしている間、看護師をなんとか押しやろうとした。急いでイゴール博士を見つけに行くべきだろうか？

「ベロニカ！」

彼がまた彼女の名前を呼んだ。超人的な力で、エドアードは二人の看護師を振り解《ほど》いた。でも彼は逃げずに、その場から全く動かずに立ち尽くしていた。前の夜のように。みんなの動きもまるで魔法にでもかかったみたいに止まり、次に起こることを待っていた。また看護師の一人がやって来たが、エドアードは彼を見て、持てる全ての力を奮い起こした。

「一緒に行ってやるよ。どこへ連れて行こうとしてるのかは分かってるんだ。それをみんなの見せしめにしたいこともな。でも少しだけ待ってくれ」

看護師は、リスクを冒す価値があるという結論に達した。結局、全てが普段の状態に戻っていたようだから。

「たぶん、きみはぼくにとって、とても大切な人だと思うんだ」とエドアードはベロニカに言った。

「あなたはしゃべれないわ。あなたはこの世界に生きてないのよ。わたしの名前がベロニカだってことも分からないでしょ。あなたはきのう、わたしと一緒にいなかったの。お願い、そこにいなかったと言って」

「ぼくは一緒にいたよ」

彼女は彼の手を取った。狂人たちは吠《ほ》えて、拍手をして、卑猥《ひわい》な中傷を叫んだ。

「彼らはあなたをどこへ連れていくの？」

「なんかの治療さ」

「わたしも一緒に行くわ」

「その価値はないよ。きみは怖がってしまうよ。いくらきみに、痛くないから、何も感じないからって説明してもね。それに、意識はまたずっと早く回復するから、鎮静剤よりもいいんだ」

ベロニカは彼の言っていることが分からなかった。彼女は、彼の手を握ったことを後悔していた。そこからできるだけ早く立ち去りたかった。彼女の最も卑しい部分を見たのに、それでもこのようなやさしさで彼女を扱い続けた男とは、もう二度と会いたくなかった。

それでも彼女はマリーの言葉を覚えていた。彼女は自分の人生を、誰にも弁解する必要がなかった。自分の前に立っていた、この若い男にさえも。

「一緒に行くわ」

看護師たちはその方がいいかもしれないと思った。多重人格者はもう押さえつけられる必要がなかった。彼は自分の意志で行くのだから。

病棟に着くと、エドアードはベッドに横になった。奇妙な機械と、布きれが詰まった袋を持った男が、他にも二人待機していた。

エドアードはベロニカの方を向くと、ベッドに座ってくれるように言った。

「あと数分で、その話はヴィレット中に知れ渡り、みんなはまた落ち着きを取り戻すだろう。狂人の中の狂人でも恐怖を感じるから。これを体験した人だけが、みかけほどはひどくないことを知っているんだ」

看護師たちはその会話を聞いていたが、多重人格者の言っていたことは一言も理解できなかった。すごく痛いはずだろうに。でも狂人の頭の中で何が起きているのかなんて、誰が知るだろう？　若い男の言った、分別のあるたった一つのことは、恐怖についてのことだった。その話はすぐにヴィレット中に知れ渡るようになり、すぐに落ち着きが戻るだろう。

「きみは早く横になりすぎだよ」と看護師の一人が言った。

エドアードがまた立ち上がると、彼らはその下にゴムのシーツみたいなものを広げた。

「はい、もう寝てもいいよ」

彼はその通りにした。起こっていることが全てお決まりのことだったかのように、彼は完全に落ち着いていた。

看護師はエドアードの身体をいくつもの布きれで縛り、口にゴムを入れた。

「誤って舌を噛《か》まないようにね」と、一人の男がベロニカに言った。彼は、注意と、専門的な情報を与えることができて嬉《うれ》しそうだった。

彼らは、いくつかのボタンと三つのダイアルが付いている靴箱大の奇妙な機械をベッドの横の、椅子の上に置いた。二本のワイアが上から飛び出し、イヤホンみたいなものに繋《つな》がっていた。

看護師の一人が、エドアードの蟀谷《こめかみ》に、その〝イヤホン〟を装着していた。もう一人は機械を操作しているようで、さっきは右に、今度は左へ、摘《つま》みをいじっていた。口にゴムがあってしゃべれないにも拘《かかわ》らず、エドアードは彼女の目を見つめて、まるでこう言っているようだった。「心配しないで。怖がらないで」

「一三〇ボルトで〇・三秒にセットしてあります」と機械を操作していた看護師が言った。

「それじゃ、行きますよ」

彼がボタンを押すと、機械は唸《うな》り声を上げた。その瞬間、エドアードの目は光を失い、その身体はベッドの上を激しくのたうち回った。彼を押さえていたストラップがなければ、背骨は折れていただろう。

「やめて！」とベロニカは叫んだ。

「もう終わったよ」と看護師は言いながら、エドアードの蟀谷から〝イヤホン〟を外した。

それでもエドアードの身体はのたうち回り続け、頭は右へ左へ激しく揺れた。あまりに激しかったために、一人が押さえなければならなかったほどだった。べつの看護師が機械をバッグに仕舞い、タバコを吸おうと腰を下ろした。

その場面はほんの数秒しか続かなかった。エドアードの身体はいつもの状態へ戻っていくようだったが、また発作が襲ってきて、看護師がエドアードの頭を押さえておくためには二倍の力が必要になった。しばらくしてから筋収縮は治まっていき、それからぴたりと止まった。エドアードの目は大きく見開かれ、看護師の一人がそれを閉じなければならなかった。死人にするみたいに。

それから彼はエドアードのゴムを外し、縄を解くと、機械と一緒に布きれも袋に詰め込んでいった。

「電気ショック治療の効果は一時間くらい持続するんだ」と看護師は、もう叫んではいなかったものの、目の前で起きていることに呆然《ぼうぜん》としていた女の子に言った。「大丈夫だよ。すぐにいつも通りになるし、いつもよりずっと落ち着いてるはずだから」

電気ショックが効果を発揮してからすぐに、エドアードは前に体験したことを感じた。彼のいつものビジョンは、誰かがカーテンを閉めるように、少しずつ薄れていき、最後には完全に消えてしまった。痛みも苦しみもなかったが、他の人が電気ショックの治療を受けているのを見たことがあったから、どれほど凄惨《せいさん》なものかは知っていた。

　エドアードはもう落ち着きを取り戻していた。たとえもし、ほんの少し前に、彼が心に新しい感情が湧《わ》き上がるのを体験していたとしても、もし愛が、彼の両親からもらったものとは違うと理解し始めていたとしても、電気ショック治療、もしくは電気痙攣《けいれん》セラピー（ＥＣＴ）と専門家が呼びたがるものが、確実に彼をいつもの状態へと戻していた。

　ＥＣＴの主な効能は、短期の記憶を破壊してしまうことだ。エドアードはもう、不可能な夢を育てることはないだろう。彼にはもう存在しない未来を待ち望み続けることなんてできない。その思考は過去へ向かって存在していなければならない。でないと、再び生きたいと思い始めてしまうから。


　一時間後、ゼドカがベッド以外はほとんど空っぽの病棟へ入ると、ベッドには若い男が寝ていて、椅子には若い女性が座っていた。

　近くまで行くと、ゼドカはその若い女性の具合がまた悪く、頭がわずかに右へ傾いていることを見てとった。

　ゼドカは振り向いて助けを呼んだが、ベロニカは顔を上げなかった。

「大丈夫よ」と彼女は言った。「また発作に襲われたけど、もう収まったわ」

　ゼドカは彼女をやさしく抱き起こして、トイレに連れていった。

「男のトイレじゃない」とベロニカは言った。

「心配しないで、誰もいないから」

彼女はベロニカの汚れたセーターを脱がせて洗い、オイルヒーターの上に置いた。それから自分のウールのトップスを脱いで、ベロニカにあげた。

「あげるわ。さよならを言いにきただけだから」

女の子は、全く人生への興味を失ったように、呆然としていた。ゼドカは、彼女をさっきまで座っていた椅子に連れていった。

「エドアードはすぐに目を覚ますわ。何が起きたのかあまり覚えてないかもしれないけど、記憶もすぐに戻るわ。最初は、あなたのことが分からなくても怖がらないでね」

「大丈夫よ」とベロニカは言った。「自分でさえ分からないんだから」

ゼドカは椅子を引いてきて、彼女の隣に座った。彼女はヴィレットにあまりに長くいすぎたので、今さら何分かベロニカの相手をするくらい何でもないことだった。

「最初に会った時のこと覚えてる？　世界がわたしたちの見た通りだと説明するために話をしたのよね。臣民の意識にもはや存在しない秩序を押し付けようとしたという理由で、みんな王様が狂ってると思ったこと」

「でも、わたしたちがどう見ようと、全ての人に通じることって、人生にはあるのよね。例えば、愛とか……」

ゼドカはベロニカの目に異変を感じた。でもとりあえず続けることにした。

「わたしは、誰かがあと少しの時間しか生きられないのに、ベッドの横に腰かけて、眠ってる男を眺めて過ごすことにしたのなら、それこそが愛だと思うの。もっと言うわね。もし、その間にも、心臓発作に襲われたというのに、男の傍にいるために、静かに座っていたとしたら、そんな愛は、ものすごく大きく成長できる可能性を持っていると言えると思うわね」

「それはまた絶望でもあるかもしれないわ」とベロニカは言った。「結局、太陽の下で戦い続ける意味はないということを証明するための試みなの。べつの世界に住んでいる男と恋に落ちることはできないから」

「わたしたちはみんな、自分の世界に住んでるの。でも、満天の星空を見上げれば、星座や、太陽系、銀河系を形成する、違う世界がたくさんあるのが見えるでしょ」

ベロニカは立って、エドアードのところへ行った。彼女はやさしく彼の髪を撫《な》でた。誰か話せる人がいて嬉《うれ》しかった。

「ずっと昔、わたしがまだ子供で、母がわたしにピアノを習うように強制してた頃、わたしは恋に落ちてる時しかうまく弾けないだろうって心の中で呟《つぶや》いたの。きのうの夜、人生で初めて、自分がしていることを全く制御できない状態で、指から音符が放たれていくのを感じたわ。

ある力がわたしを誘って、自分が弾けるとも思わなかったメロディやコードを生み出していたの。わたしは、自分を完全にピアノに捧《ささ》げたわ。髪の毛一本にも触れられることはなかったのに、わたしはこの人に自分を差し出していたから。きのうは本当の自分じゃなかったわ。セックスに身を投げ出した時も、ピアノを弾いてた時もね。そしてそれでもわたしは、やっぱりわたしだったんだと思うわ」ベロニカは首を振った。「わたしが言ってることって意味不明ね」

ゼドカは違う次元に浮かんでいる人たちに、宇宙で出逢《であ》ったことを思い出した。ベロニカにそのことを話したかったが、彼女をさらに混乱させてしまうんじゃないかと心配になった。

「また死ぬなんて言う前に、話しておきたいことがあるの。きのう、あなたが体験したような瞬間を、一生探し求めても、絶対に到達できない人もいるのよ。だからもし、あなたが今死ぬことになっても、愛で胸がいっぱいのまま死ぬことになるわ」

ゼドカは立ち上がった。

「失うものは何もないわ。多くの人は愛そうともしないから。それこそ、同じ理由でね。たくさんのことが危険に曝《さら》されるから。たくさんの未来と、たくさんの過去も。あなたの場合は今しかないから……」

彼女は近づいて、ベロニカにキスをした。

「もしこれ以上ここにいたら、二度とここから出られないわ。鬱病《うつびょう》は治ってるけど、ヴィレットでは、他の狂気もあることを学んだの。それを自分の中に抱えてみて、自分の目で人生を見始めたのよ。

ここに来た時、わたしは深い鬱状態に陥っていたの。今は逆に、狂ってることに誇りを持ってるわ。外では、みんなと同じように振る舞うの。わたしはスーパーマーケットへ買い物に行き、友だちと下らない話を交わして、貴重な時間を、テレビを観て無駄に過ごすの。でも、わたしの魂が自由で、わたしにだって夢は見られて、ここに来る前は存在することも想像できなかった他の世界と話ができることも分かってるの。

わたしは少しくらいバカなこともしちゃうつもりよ。人が、彼女はヴィレットから退院してきたのよ、とか噂できるように。でも、わたしの魂はひとつだって分かってるわ。自分の人生には意味があるから。夕焼けを見ても、その向こうに神がいるって信じてる。誰かがわたしを苛立《いらだ》たせたら、その人たちをどう思ってるか教えてあげるわ。その人たちにどう思われようと気にならない。誰もが、彼女はヴィレットから退院してきたばかりだって言うだろうから……。

わたしは街《まち》で男たちの目をまっすぐ見つめて、ほしいと思われることに罪悪感を感じないの。でもそのすぐ後に、わたしは輸入品を売ってる店に入って、買えるだけの最高のワインを買って、大好きな夫とそのワインを飲むの。また彼と一緒に笑いたいから。

笑いながら、彼が言うの。〝きみは狂ってる！〟って。そしてわたしは言うの。〝当たり前でしょ。わたしはヴィレットにいたのよ。忘れたの！　狂気がわたしを自由にしたの。さあ、わたしの大切な旦那様《だんな》、あなたは毎年、休暇をとって、わたしに危険な山を登らせるのよ。わたしは生きている危険を感じたいから〟。

人は言うわ。〝彼女はヴィレットから退院したばかりで、今度は旦那も狂わせているのよ〟って。そして彼は、それが正しいことに気づくけれど、初めて愛を発明した人みたいに二人とも狂っていて、また結婚を最初から始められることを、神に感謝するの」

ゼドカは、ベロニカが一度も聞いたことのない歌をハミングしながら出ていった。

疲れる一日だったが、その価値は十分にあった。イゴール博士は、科学者の冷徹さと無関心さを固持しようとしていたが、ほとんど興奮を抑えられずにいた。ヴィトリオル中毒の特効薬を見つけるために行なってきたテストは、驚くほどの成果をあげたのだ。


「今日は、約束はなかったはずだが」と彼は、ノックもせずに入ってきたマリーに言った。

「長くはかからないわ。あることについてあなたの意見を聞きたいだけなの」

「今日はみんながわたしの意見を聞きたいようだ」とイゴール博士は、セックスについてのあの若い女の質問を思い出しながら考えていた。

「エドアードが電気ショック治療を与えられたばかりなんです」

「電気痙攣《けいれん》セラピーという、正しい名前を使ってくれたまえ。でないと、我々がただの野蛮《やばん》人の集団みたいじゃないか」イゴール博士は驚きを隠そうとしたが、後で、誰がその判断を下したのか聞き出しに行くだろう。「それに、そのことでわたしの意見を聞きたいなら、そのECTは、昔と同じ使われ方をされているわけではないことをはっきりさせておこうか」

「〝前は〟とても危険だった。どんな電圧でやるかも、どこに電極を付けるかも分からないまま、たくさんの人が、治療の間に脳梗塞《のうこうそく》で死んでしまった。でも、もう変わった。現在、ECTは技術的にもずっと正確に用いられており、記憶喪失を誘発させたり、薬の長期使用による化学薬品中毒を避けるのに有効なんだ。精神医療学の雑誌を読んで、南アメリカの拷問者《ごうもん》たちの電気ショック治療と、ECTとを混同しないようにしておくれ。さあ、わたしの意見は聞いただろ？　もう仕事に戻らなくてはならないんだ」

でもマリーは動かなかった。

「それを聞きにきたんじゃないわ。ここを退院してもいいか聞きに来たのよ」

「いつでも好きな時に出ていけばいいし、いつでも好きな時に戻ってくればいい。きみの旦那さんは、こんなお金のかかるところへきみを入れておけるほどのお金持ちなんだからね。いっそ、こう聞いたらどうだろう？『わたしは治ったのか？』するとわたしの答えは、またべつの質問になるだろう。『一体、何から治ったのか？』そしてきみは言うだろう。『不安からくるパニック発作が治った』と。するとまたわたしは言うだろう。『ところでマリー、きみはもうここ三年は全くそれに苦しんでないじゃないか』と」

「それじゃ、もう治ってるのね」

「治ってるわけないさ。最初からそれがきみの病気ではなかったんだから。スロベニア科学アカデミーへの論文を今書いているんだが（イゴール博士はヴィトリオルの詳細には触れたくなかった）、わたしはいわゆる人間の普通の行動について研究しているんだ。わたしの前の多くの医者も似たような研究をしていて、普通というのは、ただ一般論の問題だという結論に達している。それは、大勢の人がそのことを正しいと思えば、それが正しくなってしまうってことだ。

常識に支配されているものもある。シャツの前側にボタンを持ってくるのは論理の問題だ。横でボタンをするのは難しいし、裏だったら不可能だろうから。

でも、べつの類《たぐい》のものは、より多くの人々が、そうあるべきだと信じているためにそう決められているんだ。二つの例をあげてみよう。タイプライターのキーが、どうしてある順序に配列されているのか疑問に思ったことはあるかい？」

「いいえ、ないわ」

「我々はそれをＱＷＥＲＴＹ《クワーティ》キーボードって呼んでるんだ。それが最初の一列目の文字の順番だからだよ。一度、どうしてそうなのか考えたことがあって、その答えを見つけたんだ。初めての機械は、一八七三年にクリストファー・ショールズが能率をよくするために発明したんだが、問題があったんだ。人がとても速くタイプした時、キーが一緒に絡まって、機械が動かなくなってしまうんだ。それで、ショールズは、ＱＷＥＲＴＹキーボードをデザインして、人がもっとゆっくりタイプしなければならないように改良したんだ」

「そんなこと信じないわ」

「でも本当のことなんだよ。そして偶然にも、その当時、ミシンの製造業者だったレミントンが、最初のタイプライターにQWERTY式キーボードを導入したんだ。それで、より多くの人が、そのシステムを学ばざるを得なくなり、より多くの企業が、そのキーボードで製造しなければならなくなって、最終的に、それが唯一のモデルになったんだ。繰り返すが、タイプライターやコンピューターのキーボードは、より早くではなく、人がより遅くタイプするためにデザインされているものなんだ。分かるかい？　もし文字列を変えてしまったら、製品を買ってくれる人が誰もいなくなってしまうだろ？」

初めてキーボードを見た時、マリーはどうして文字がアルファベット順じゃないのか不思議に思ったが、そのまま忘れてしまっていた。それでも、それは人が速くタイプを打つために、ベストな配列だからなのだと思っていた。

「フィレンツェに行ったことはあるかい？」とイゴール博士は言った。

「いいえ」

「行ってみるべきだね。それほど遠くないし、そこで二つ目の例が見つかるだろう。フィレンツェの聖堂に、一四四三年にパオロ・ウッチェッロがデザインした美しい時計があるんだ。さて、その時計のおもしろいところは、他の時計と同じように時を刻んでいるにも拘《かかわ》らず、その針が、普通の時計とは逆の方向に動いていることなんだ」

「それがわたしの病気と何の関係があるの？」

「今、言うところだよ。この時計を作った時、ウッチェッロは、べつに人と違うことをしたいと思ったわけじゃない。事実、その当時には、彼のような時計と、我々が現在見慣れている方向へ刻む時計が両方あったんだ。だがある知られざる理由で、もしかしたら公爵が、我々が今〝正しい〟と思ってる方向へ進む時計を持ってたからかもしれないが、それが統一された方向となり、ウッチェッロの時計が異常で、狂ってると思われたんだ」

イゴール博士は一呼吸置いたが、マリーが彼の理屈についてきていることは分かっていた。

「それでは、きみの病気の話をしようじゃないか。人は各々個性的で、それぞれの才能、本能、楽しみ方、そして冒険への欲求を持っている。ところが、社会は常に、我々にある集合的な行動を強制する。でも人は、なぜそんな行動を取らなければならないのかなんて考えもしないんだ。タイピストが、QWERTY式キーボードが唯一無二ということを受け入れたのと同じように、人はただ受け入れるだけなんだ。時計の針がどうしてある方向でなく、もう一方に動かないのか聞いてきた人に、今まで出会ったことがあるかい？」

「いいえ……」

「もし誰かが聞いたとしたら、その人は〝狂ってる〟と言われるだろう。もし固執すれば、人は何かしら理由を挙げようとはするかもしれないが、すぐに話題を変えてしまうだろう。きみに話したこと以外に理由なんてないんだから。さて、きみの質問に戻ろう。何だったかな？」

「わたしはもう治ったの？」

「いいや。きみは人と違うのに、同じようになりたいんだ。それは、わたしから見れば、とても深刻な病気だけどね」

「変わろうとすることが深刻な病気なの？」

「もし無理して自分を人と同じようにしようとするならね。それが神経症、精神病、パラノイアを引き起こすんだ。それは自然の歪《ゆが》みで、神の法に逆らうものだ。世界中の全ての林や森で、神は一つとして同じ葉っぱを作っていないのだから。でもきみは人と違うことがおかしいと思ってるから、それできみはヴィレットで暮らすことを選んだんだよ。ここではみんなが違うし、だからこそ、きみはみんなと同じように思えるんだ。分かるかい？」

マリーは頷《うなず》いた。

「人が自分の本質に逆らうのは、人と違ってもいいという勇気に欠けてるからで、そうしたら、器官はヴィトリオル、というか、その毒としてよりよく知られる、憂鬱《ゆううつ》を生み出すんだ」

「ヴィトリオルって何ですか？」

イゴール博士は、行き過ぎてしまったことに気づいて、話題を変えることにした。

「それはどうでもいいんだ。わたしが言いたいのは、全てが、きみがまだ治ってないことを示していることだ」

マリーは法廷で何年もの経験があり、彼女はここでそれを使おうと思った。彼女の最初の戦術は、敵に同意してるふりをしながら、すぐにべつの争点に引き込むことだった。

「わたしもそう思うわ。わたしがここへ来た理由はとてもはっきりしてるの。わたしはパニックの発作に襲われてたの。でも、ここに残るという理由は、とても曖昧《あいまい》だったわ。仕事もない、夫もいない、違う生き方と向き合えなかったの。新しい生活を始める意志を失っていたということには同意するわ。また初めっから慣れなければいけない人生にね。さらに言えば、精神病院には、電気ショックなんてものや、あっ、ごめんなさい、あなたによれば、ECTね、厳しい時間表と、何人かの患者たちによる、たまのヒステリーの爆発があるけれども、ここの規則は、あなたの言うように、どんなことをしてでも妥協するという世界のルールよりも受け入れやすいのよ。

そしてきのうの夜、わたしは女性がピアノを弾いている音を聞いたの。彼女の演奏はすばらしくて、今まで聞いたことのないほどだったわ。その音楽を聴きながら、ソナタや前奏曲やアダジオを作曲するために苦しんだ人たちのことを考えたの。その当時の音楽の世界で幅を利かせていた人たちの前で、自分の曲を演奏した時に、どれだけバカにされたことか。オーケストラの資金提供者を見つけたい時に味わわなければならなかった困難や屈辱について考えたの。そんなハーモニーに慣れていなかった聴衆のブーイングのことを思ったの。

でも苦しんでる作曲家たちよりもひどかったのは、もう死ぬことを知っていたがために、ものすごく魂を込めて音楽を弾いていた女の子なの。でもわたしは死なないの？　ものすごい集中力で音楽を演奏するかもしれないわたしの魂は一体どこにあるの？」

イゴール博士は静かに聞いていた。彼の全てのアイデアが実を結び始めているように思えたが、確信を持つにはまだ早かった。

「それで〝わたし〟の魂はどこにあるの？」とマリーはもう一度聞いた。

「わたしの過去にあるのよね。わたしの人生が行きたかった場所に。まだ家もあり、夫もいて、辞めたいと思ってたけどそうする勇気もなかった仕事もあった瞬間《とき》に、魂を人質に残してしまったの。

わたしの魂は過去にいたの。でも今はここにいるわ。もう一度自分の身体の中で、興奮に震えているのを感じるの。でもどうしていいか分からないの。人生が、わたしを行きたくない方向へ押していってたことを理解するまでに三年もかかってしまったことしか」

「向上が見られるようだな」とイゴール博士は言った。

「ヴィレットを出ていっていいか聞く必要はないの。ただドアから出て、二度と戻らなければいいの。でも誰かにこれを話す必要があったから、わたしはあなたに話すことにしたの。あの若い女の子の死が、自分の人生を理解させてくれたの」

「その向上の徴候は、どうやら奇跡的な治癒へと変貌《へんぼう》しているようだね」とイゴール博士は笑った。「きみはどうするのかね？」

「エル・サルバドルへ行って、そこの子供たちと一緒に働くわ」

「そんなに遠くまで行かなくてもいいんだ。サラエボはここから二〇〇キロしか離れてないよ。戦争は終わったかもしれないけど、まだ問題は続いてるから」

「なら、サラエボへ行くわ」

イゴール博士は引き出しから書類を出して、慎重に書き込んでいった。それから彼は立ち上がるなり、マリーをドアまで送った。

「幸運を祈るよ」と彼は言って、すぐにオフィスへ戻り、ドアを閉めた。彼は自分の患者たちを好きにならないように努力してきたが、それはいつもうまくいかなかった。マリーのいないヴィレットは、とても寂しくなるだろう。

エドアードが目を開けると、そこには女の子がいた。最初の電気ショック治療の後、彼は何が起きたのか思い出すのに、しばらく苦しむことになった。でも、その治療によるセラピー効果は、その人工的に誘発された、一時的な記憶喪失にこそあった。おかげで患者は気になっている問題を忘れて、落ち着きを取り戻すことができたのだ。

ところが、より頻繁に電気ショックを与えられると、その効果は長続きしなくなる。彼は女の子がすぐに誰だか分かった。

「寝てる間、あなたは楽園のビジョンについて何か言ってたわ」と彼女はエドアードの髪を撫《な》でながら言った。

楽園のビジョン？　そう、楽園のビジョンだ。エドアードは彼女を見た。彼は何もかも話したかった。

でもその瞬間、看護師が注射器を持って入ってきた。

「さあ、これを打たなければね」と彼女はベロニカに言った。「イゴール博士の言いつけよ」

「今日はもうしたし、もうしてほしくないの」と彼女は言った。「それより、もうここを出たいという欲求もないわ。命令にも、規則にも従う気はないし、何も強制されるつもりもないわ」

看護師はこうした反応には慣れているようだった。

「それなら、鎮静剤を与えるしかないわね」

「きみと話がしたいんだ」とエドアードは言った。「注射を受けてよ」

ベロニカがセーターの袖《そで》を捲《めく》り上げると、看護師はクスリを注射した。

「いい子だわ」と彼女は言った。「さあ、二人ともこの陰気な病棟を出て、外へ散歩にでも行ったらどう？」

「きみはきのうの夜に起きたことを恥ずかしがってるんだね」とエドアードは二人で庭を歩きながら言った。

「そうだったわ。でも今は誇りに思ってるの。あなたの楽園のビジョンについて知りたいわ。わたしももう少しで手に入れられるところだったから」

「ヴィレットの建物を超えて、もっと遠くを見つめる必要があるんだ」と彼は言った。

「続けて」

エドアードは後ろを見た。病棟の壁でもなく、患者たちが静かに歩いていた庭でもなく、べつの大陸の通りを。雨が激しく降ったり、全く降らなかったりする土地の。

エドアードはその土地の匂いを吸いこんだ。乾期だった。鼻孔に埃《ほこり》を感じ、その感覚は彼に喜びを与えた。土の匂いを嗅《か》ぐことは、生きていることを感じさせるから。彼は外国製の自転車に乗り、十七歳で、他の外交官の子供たちが学んでいたブラジリアのアメリカン・スクールを出たばかりだった。

彼はブラジリアが嫌いだったが、ブラジル人は大好きだった。彼の父親は二年前にユーゴスラビア大使に任命されていた。まだ自分の国に暴力的な分断が起こることなど、誰も夢にも思わなかった頃だ。ミロシェビッチがまだ権力の座に就いていた。男も女もそれぞれの違いと共に生き、宗教的な対立を超えて、調和を見出《みいだ》そうとしていた。

彼の父親の最初の派遣先がブラジルだった。エドアードはビーチ、カルナヴァル、サッカー観戦と音楽を夢見たが、彼らは海岸から遠く離れたブラジルの首都に住むことになってしまった。政治家、官僚、外交官と、その間に挟まれてしまってどうしていいか分からない子供たちが暮らすために作られた街《まち》。

エドアードはそこに住むのが大嫌いだった。彼は一日中学業に専念して、クラスメートと仲良くなろうと努力したが、結局うまくいかず、他の若者たちと唯一できそうな話題だった、クルマ、最新スニーカー、デザイナーズ・クローズに興味を持とうとしたが、それもうまくはいかなかった。

たまにパーティが開かれても、男の子たちは部屋の一方で酔っ払い、女の子たちは彼らに無関心を装った。いつも何かしらのクスリが出回っており、エドアードは可能な限りほとんどの種類を試してみたが、どれにも没頭できずにいた。彼は興奮し過ぎるか、眠くなり過ぎたりして、すぐに周りで起きていることに興味を失ってしまった。

彼の家族は心配していた。家族は、彼が父親の跡を継ぐように準備させなければならなかった。エドアードは、勉強したいという欲求、すばらしい芸術的趣味、言語的才能、政治への関心など、ほとんどの必要な才能は備えていたが、外交官になるために欠かせない素質を一つだけ持ち合わせていなかった。彼は他人と話すことに問題があった。

両親は彼をパーティへ連れて行ったり、学校の友だちを家へ連れてくるように言って、ある程度おこづかいを渡していたが、エドアードが誰かを連れてくることはほとんどなかった。ある日、彼の母親は、どうして友だちを昼食や夕食に連れてこないのかと聞いた。

「スニーカーの種類は全て知ってるし、ベッドに落ちやすい女の子たちの名前も全部知ってるんだ。でもその後は、もう何も彼らと話すことがないんだよ」

　それからブラジル人の女の子が登場した。大使とその妻は、息子がデートに出かけたり、夜遅く帰ってきたりするのを見て、少し安心した。誰も彼女がどこの人間なのかは知らなかったが、ある晩、エドアードが彼女をディナーに招いた。彼女は育ちのいい女性で、両親も満足した。息子は初めて、他人とつきあう才能を見せ始めた。それより、二人とも何も言わなかったものの、その女の子の存在が、彼らの頭から一つの大きな不安を取り除いてくれた。エドアードはホモセクシャルではなかった。

　彼らはマリアに（それが彼女の名前だった）将来の義理の親と同じような気遣いで接した。二年後にはべつの土地へ移ることになることを知っていたから、エキゾチックな国の誰かと息子を結婚させるつもりなど毛頭なかったが。いずれフランスかドイツのいい家庭のお嬢さんと引き合わせるつもりでいた。彼のために大使が用意していたすばらしい外交官としてのキャリアと釣り合う、威厳ある妻として。

　でもエドアードは、どんどん恋に熱中していくように思えた。心配して、彼の母親は夫に話すことにした。

「外交術とは、相手を待たせることでもあるんだ」と大使は言った。「初めての恋愛をあきらめることはないが、必ず終わりはくるもんさ」

　でもエドアードは完全に変わってしまったようだった。彼は奇妙な書籍を家へ持ち帰るようになり、部屋の中にピラミッドを建てて、マリアと一緒に、毎晩お香を焚《た》いて、何時間も壁に架けた奇妙なデザインを見つめていた。学校でのエドアードの成績はますます落ちていった。

母親はポルトガル語を理解できなかったが、本の表紙で分かった。十字架、焚き火、首を吊《つ》られた魔女、エキゾチックなシンボルなどなど。

「わたしたちの息子は、危険な書物を読んでるわ」

「危険だって？　危険なのは、バルカン半島で起きてることだよ」と大使は言った。「スロベニアが独立したがっているという噂があって、戦争になるかもしれないんだ」

でも母親は政治のことなんてどうでもよかった。彼女は息子に何が起きているのかが知りたかった。

「なんであんなにお香に夢中なの？」

「マリファナの匂いをごまかすためだろ」と大使は言った。「わたしたちの息子は最高の教育を受けたんだ。あの香の棒で精霊を呼べるなんて信じるわけがないだろう」

「わたしの大事な息子がクスリをやってるって言うの？」

「そういうこともあるさ。わたしも若い時はマリファナくらい吸ったさ。人はすぐに飽きるもんだ。わたしだってそうだったんだから」

妻は夫を誇りに思って、安心した。彼女の夫は経験豊富な男だ。麻薬の世界にも足を踏み入れたが、無傷で出てきたのだ。それほど意志の強い男なら、どんな状況でもコントロールできるだろう。

ある日、エドアードは、自転車を買ってもらえないかと言ってきた。

「運転手付きのベンツがあるじゃないか。どうして自転車なんかほしいんだ？」

「より自然を感じられるようにさ。僕とマリアは、一〇日間の旅へ出るんだ」と彼は言った。「そう遠くないところに、クリスタルがたくさん出るところがあるんだ。マリアが、それはものすごくポジティブなエネルギーを放出してるって言うんだよ」

彼の父親と母親は、共産党体制の下に育ってきた。クリスタルは、ある原子によって構成されるただの鉱物でしかなく、ポジティブだろうがネガティブだろうが、どんなエネルギーも放出するようなものではなかった。

彼らはリサーチをして、〝クリスタル波動〟が流行《はや》り始めていることを知った。

もし彼らの息子が公式パーティでそんなことを話し始めようものなら、みんなの目には奇異に映ってしまうだろう。初めて状況が深刻になりつつあることを認めざるを得なかった。ブラジリアは噂話で生きているような都市で、大使館の彼のライバルが、エドアードがそんな原始的な迷信にはまっていると知った日には、息子がそれを親から学んだと思うかもしれなかった。外交は、待ちの技術であると同時に、どんな状況でも表向きの普通さを保っておかなければならない技術でもあるから。

「息子よ、こんなことは続けていられないぞ」と父親は言った。「わたしはユーゴスラビアの外務省に友人がいるんだ。おまえには外交官としてのすばらしい将来がある。現実に直面することを覚えなければならないんだ」

だがエドアードは家を出て行き、その夜は結局帰って来なかった。彼の両親はマリアの家だけでなく、街《まち》の死体置き場にも、病院にも電話したが、無駄だった。母親は、自分の夫がどれだけ赤の他人と話し合うことに長《た》けていたとしても、家族の長としての彼の能力には自信をなくしていた。

次の日、エドアードは、おなかを空《す》かせて、とても眠そうな状態で現われた。彼はごはんを食べて部屋へ入ると、お香を焚《た》き、マントラを唱え、その夕方から夜の間、ずっと眠り続けた。目覚めると、真新しい自転車が彼を待っていた。

「クリスタルでもなんでも見に行きなさい」と母親は言った。「お父さんには、わたしから話しておくから」

そして、あの乾燥した埃《ほこり》っぽい午後、エドアードはマリアの家まで、嬉《うれ》しそうに自転車を漕《こ》いで行った。街はあまりにうまく（建築家によれば）、あまりにひどく（エドアードによれば）設計されていたから、角というものがほとんどない。彼は追い越し車線をひたすらまっすぐ見て、雨を降らせることのない雲に覆われた空を見上げると、そのうち自分が、ものすごいスピードで空へ向かって昇っていくのを感じた。だが、彼はすぐに急降下して、アスファルトに落ちた。ガシャーン！

「事故ったか……」

アスファルトに顔を押しつけるような格好だったから、仰向《あおむ》けになろうとしたが、もはや自分の身体を動かせないことに気づいた。彼は、車のブレーキの音と、人が緊迫した声で話しているのが聞こえた。誰かが近づいてきて身体に触れると、また大きな声を出した。

「動かすな！　もし動かしたら、一生身体が動かなくなるぞ！」

それから数秒がゆっくりと過ぎてゆき、エドアードは怖くなり始めた。両親と違い、彼は神も、死後の世界も信じていたが、それでも十七歳で死んでしまうなんてひどく不公平な気がしながら、自分の国ではないアスファルトをただ眺めていた。

「大丈夫か？」と誰かが言うのが聞こえた。

大丈夫ではなくて、全く身動きがとれなかったが、何も言えなかった。最悪なのは、意識を失っていなかったことで、何が起きているのかも、自分の置かれている状況も分かっていた。どうして彼は気を失わなかったのだろうか？　彼が必死に神を探し求めようとしていたその時に限って、神は彼に無慈悲だった。

「もうすぐ医者が来るからな」と誰かが彼の手を握ってささやいた。「聞こえてるかどうか分からないけど、落ち着いていてくれ。べつに大したことないからな」

彼にはは確かに聞こえていて、その人（それは男だったが）にずっとしゃべり続けてほしかったし、大変な状態じゃないことを約束してほしかった。人は本当に深刻な時にだけ、そう言うのだとよく分かっている年齢にはなっていたが……。彼はマリアのことを考えた。ポジティブなエネルギーに溢《あふ》れる水晶の山がある場所について考えた。瞑想《めいそう》で体験した、今までにないほどのネガティブなエネルギーが集中していたブラジリアとは違って。秒は分になり、人々は慰め続けてくれたが、事故が起きてから初めて痛みを感じ始めた。それは頭の中心からくる鋭い痛みで、身体全体へと広がっていくようだった。「来たぞ」と彼の手を握ってくれていた男が言った。「きっと、明日にはまた自転車に乗れるから……」

でもその翌日、エドアードは病院にいた。両脚と片腕を石膏《せっこう》で固められ、あとひと月は退院できない状態で、母親が休みなく泣いている声と、父親からの安否を気遣う電話と、危険な二十四時間が過ぎたし脳には障害がないと五分毎に告げにくる医者の慰めを、聞いていなければならなかった。

家族は、アメリカ大使館に電話した。彼らは国立病院の診断を決して信用することがなく、洗練された独自の救急医療サービスに加え、自国の外交官を診る力のあるブラジル人医師のリストを持っていた。時に彼らは〝隣人にやさしい政策〟の一環として、そのサービスを他国の外交官たちが利用することを許していた。

アメリカは、自国の最新鋭の機械を運びこんで、たくさんの検査と診断をしてから、いつも行き着く結果を導き出した。国立病院の医者は障害を正しく見極め、きちんとした診断を下していたことが証明されたのだ。

国立病院の医者は優秀だったかもしれないが、ブラジルのテレビ番組は、世界中のどの国とも変わらないくらいひどいものだったので、エドアードは何もすることがなかった。病院へのマリアの見舞いはどんどん少なくなっていった。もしかして、水晶の山まで一緒に行ってくれる人を、他に見つけたのかもしれなかった。

そんなガールフレンドの移り気な行動とは逆に、大使とその妻は毎日見舞いに来たが、すぐに父親が転任するだろうという理由で、家にあったポルトガル語の本を持ち込むことは却下された。もう二度と使うことはない言葉を覚える必要なんてないからということだった。だからエドアードは、他の患者たちと話すことで満足するしかなかった。看護師とサッカーの話をしたり、手に入る雑誌を読み尽くしたりした。

　するとある時、看護師が、もらったばかりだが、"読むには分厚すぎる"と思った本を彼のために持ってきてくれた。それがエドアードを奇妙な道へと進ませるきっかけとなった。彼をヴィレットへ、現実からの逃避へと導き、同年代の男の子たちが熱中するすべてのものから引き離すことになる道へと……。

その本は、その考えで世界を震撼《しんかん》させた、神秘家たちについて書かれたものだった。地上の楽園について独自のビジョンを持ち、人々に一生をかけて自分の考えを伝えようとした人たちだ。イエス・キリストもいれば、人が猿から派生したという理論を打ち立てたダーウィン、夢の重要性を肯定したフロイト、新大陸を探しに旅立つために女王の宝石を質に入れたコロンブス、そして全ての人々が平等の機会を手に入れるべきだと信じたマルクスもいた。

聖人たちもいた。多くの女と寝ては、無数の戦いでたくさんの敵を殺したものの、パンプローナで傷を負ってからは、ベッドの上で回復しながら世界を理解するようになったバスクの兵士、イグナティウス・ロヨラのように。また、神へ辿《たど》り着く道をなんとか見つけたいと思っていて、たまたま廊下で絵を見ようと足を止めた時に、偶然見つけてしまったアヴィラのテレサ。自分の送っていた人生に嫌気がさして砂漠へ亡命することにした結果、悪魔と一〇年一緒に過ごして、思いつく限りの誘惑に襲われたアンソニー。エドアードと同じくらい若かったアッシジの聖フランチェスコは、鳥に話しかけることに決めて、両親が彼の人生のために用意した全てに背を向けた。

その午後、他にすることもなかった彼は、その〝分厚い本〟を読み始めた。電気が点《つ》いていたのが彼の部屋だけだったから、真夜中に看護師が来て、何かほしいものはないか聞いていった。エドアードは本から顔も上げずに、手を振って追い返した。

男も女も、世界を震撼させてきた人たちは、彼や、父親や、離れつつあったガールフレンドのような、普通の人々と全く変わらなかった。彼らもまた誰もが体験するような疑念や不安で一杯だった。彼らは、宗教にも神にも、意識を広げたり新しいレベルに到達させることにも、特に興味などなかったのに、ある日突然、全てを変えることにしたのだ。その本で一番おもしろかったのは、それぞれの人生に、自分の楽園像を探しに出るきっかけとなる、ある魔術的な瞬間があることを説明していることだ。

彼らは、なんとなく人生が過ぎていくことを許さず、自分の望むものを手に入れるためなら、施しも請えば、王様さえ唆《そそのか》し、外交や権力を使い、法を無視し、時の権力から睨《にら》まれたりしながらも、決して諦《あきら》めることなく、降りかかるどんな困難の中にも美点を見出《みいだ》せるような人たちだった。

翌日、エドアードは本をくれた看護師に自分のゴールドの腕時計を渡すと、それを売ってもらい、そのお金で可能な限り同じテーマの本を買ってきてくれるように頼んだ。でももう他にはなかった。彼は数人の神秘家たちの伝記を読んでみたが、普通の人のように、自分の思いを聞いてもらうために戦わなければならないような人たちではなく、いつも彼らが選ばれし者で、霊感を授かった者のように描かれていた。

エドアードは、読んだ本にあまりにも感動して、この事故を人生を変える転機として、聖人になろうと真剣に考え始めた。でも彼は両脚を骨折していたうえ、入院中に一度も啓示は訪れず、魂を揺さぶるような絵を見るために足を止めることもなく、ブラジルの大平原の真ん中に彼のためにチャペルを建ててくれるような友人もおらず、砂漠はみんなとても遠い上に、政治的な問題で犇《ひし》めいていた。でも、彼にもできることはあった。絵を描くことを覚えて、彼らが体験したビジョンを世界に見せることだ。

石膏《せっこう》が取れて、他の外交官からの、大使の息子として受け得る限りの心配りとやさしさと気遣いに包まれて大使館に戻ると、彼は母親に、絵の学校に入ってもいいか聞いてみた。母親は、彼がアメリカン・スクールですでにたくさんの授業を欠席していたから、遅れた分を取り戻さなければならないと言った。エドアードは拒否した。地理や科学の勉強を続けるつもりなど毛頭なく、ただ絵描きになりたかった。ある時、彼はなにげなくその理由を説明した。

「楽園のビジョンを描きたいんだ」

母親はそれに対して何も言わなかったが、彼女の女友だちに、この街《まち》で開校されている絵画コースの中で、どこが一番いいか教えてもらっておくから、とだけ言った。

その晩、大使が仕事から戻ってくると、妻が寝室で泣いているのを見つけた。

「わたしたちの息子がおかしくなったわ」と彼女は言うと、その顔を涙で濡《ぬ》らした。「事故できっと脳にでもダメージを受けたのよ」

「そんなバカな！」と大使は憤慨して言った。「検査したのは、アメリカ人が直々に選んだ医者たちだぞ」

そして妻は、息子が言ったことを話した。

「ただの若者の反抗さ。待ってれば、全てが普通に戻るさ」

でも今回はいくら待っても、意味はなかった。エドアードは急いで人生を始めようとしていた。その二日後、彼は、母親の友だちがどこがいいか迷っているのを待つのに疲れ、自分でアート・コースに入学してしまうことにした。彼は色彩やパースを学び始めたが、スニーカーや車の種類の話など全くしない人たちとも知り合った。

「あの子はアーティストたちと暮らしてるのよ！」と母親は泣きながら大使に話した。

「もう、あの子のことは放っときなさい」と大使は言った。「あのガールフレンドと、水晶と、ピラミッドとお香とマリファナでもそうだったように、すぐに飽きるから」

でも時は過ぎ、エドアードの部屋は、両親には全く理解できない絵で一杯の、仮設スタジオと化していた。円や、エキゾチックな色の組み合わせに、原始的なシンボルが、祈りを捧《ささ》げる大勢の人たちと混ざっていた。

ブラジルの二年間で、一度も友だちを家に連れてくることのない、孤独な少年だったエドアードが、今ではひどい服装と不潔な髪の、大音量でひどい音楽を聴くおかしな人たちで、家を満たしていた。浴びるように酒を飲んではタバコを吸い、基本的なマナーを完全に無視するような人たちで。ある日、アメリカン・スクールの学長が母親に電話してきた。「そちらのお子さんは薬物に手を出してるようです」と彼女は言った。「彼の成績は完全に平均を下回っていて、今の状態が続けば、もう学籍を置いてもらうわけにはいかなくなるんです」

母親はすぐに大使のオフィスへなだれ込んで、学長の言ったことを話した。

「時が来れば、全てが元に戻るとしか言わないけど」と彼女はヒステリーのように叫んだ。「あなたのイカれたヤク中息子が、深刻な脳障害に苦しんでるっていうのに、あなたはカクテル・パーティや社交パーティにしか興味がないんだから」

「声を落としなさい」と彼は言った。

「いいえ、いやよ。あなたが何もしないのならずっとやめないわ。あの子には助けが必要なのが分からないの？　医者の助けが。何とかしてよ」

妻の癇癪《かんしゃく》によってスタッフの前で恥ずかしい思いをさせられるんじゃないかと気になりながらも、思っていたよりエドアードの絵への興味が長く続いたことが心配になって、実利的で正しい方法を知り尽くしていた大使は、攻撃策を練り上げた。

まず、彼は友人のアメリカ大使に電話して、丁重に、また大使館の医療施設を利用してもいいかと聞いた。そしてその願いは受け入れられた。

彼は公認の医師たちのところへ戻って、状況を説明し、前の検査をもう一度確認し直してほしいと頼んだ。医師たちは、訴訟を怖れて、言われた通りにした結果、検査では何の異常も出なかったという結論に達した。大使は帰る前に、彼らのところへ紹介したアメリカ大使館には何の責任もない、という書類に署名するよう要請された。

大使は、エドアードがかつて入院していた病院へ直行した。そして院長と話し、息子の問題を説明して、いつもの検診という名目で、息子の身体から薬物反応が出ないか、血液検査をしてくれるように頼んだ。

病院は血液検査をしたが、薬物反応は全く出なかった。

その戦略にはまだ第三、第四の段階が残されていた。エドアード本人と直接話して、どうなっているのか聞くこと。全ての証拠を手に入れない限りは、正確な判断ができるとは思えなかった。

父と息子は居間に座った。

「母さんが、とてもおまえのことを心配してるんだ」と大使は言った。「おまえの成績はひどく落ち込んでいて、学校でのおまえの籍が取り消される可能性もあるんだぞ」

「でも父さん、アート・スクールの成績は上がってるよ」

「おまえのアート・スクールへの興味はいいと思うが、それをやるにはまだこれから一生あるじゃないか。今のところ一番大事なことは、外交官のキャリアへの道に立つために、中等教育を終えることだろう」

エドアードは何か言う前に、長くしっかり考えた。彼は事故について、幻視者の本についても考えてみたが、自分の天職を見つけるための契機だったとしか思えなかった。あれから二度と連絡のなかったマリアのことも考えた。彼はしばらく躊躇《ちゅうちょ》していたが、ようやく口を開いた。

「父さん、ぼくは外交官にはなりたくないんだ。ぼくがなりたいのは絵描きなんだ」

父親はその答えを予測していたし、うまく回避する方法も知っていた。

「絵描きになってもいいが、まずは、学業をきちんと終えるんだ。ベオグラード、ザグレブ、リュブリャーナ、そしてサラエボで展覧会を開く手配をしよう。わたしには影響力があるし、おまえをたくさん支えてやれるが、まずは学業は終えてもらわなければ」

「そんなことをすれば、楽な道を選ぶことになるだけだよ。どこかの学部かなんかに入って、興味のない分野で学位を取得すれば、そこそこ生計は立つよね。でも絵を描くことは後ろに退いて、それが天職だったこともいつか忘れてしまう。ぼくは絵で生計を立てていく方法を見つけなければならないんだよ」

大使は苛立《いらだ》ち始めていた。

「おまえは全てを手にしてるじゃないか。愛してくれる家族、家、お金、社会的な立場。でもおまえも知ってるように、我々の国は困難な時を迎えていて、独立戦争の噂もあるんだ。明日になれば、もう手を貸してやれないかもしれないんだぞ」

「自分のことは自分でできるよ。信用してよ。いつか、『楽園のビジョン』というシリーズを描くよ。それは男と女が、これまでは心の中でしか体験できなかったものの映像史になるんだ」

大使は息子のやる気を褒めて、会話を笑顔で締めくくると、あとひと月の猶予を与えることにした。結局、外交とは、問題が自然と解決へ向かうまで、決断を引き延ばす技術でもあるのだから。

一ヶ月が過ぎ、エドアードは全ての時間を、絵を描くことと、風変わりな友だちと、精神的な問題を引き起こすために作られているとしか思えないあの音楽に注いだ。もっと悪いことに、聖人の存在について先生と言い争いになって、アメリカン・スクールを放校処分になっていた。大使はもうこれ以上、決断を引き延ばすわけにはいかなくなって、最後の賭《かけ》に出ようと、男と男の話し合いをするために息子を呼んだ。

「エドアード、おまえはもう自分の人生の責任を取れる年頃だ。わたしたちはこれまで、できる限り我慢してきたが、もういいかげん、絵描きになるなんてバカなことはやめて、自分のキャリアの方向を決めなければいけない頃だ」

「でも、父さん、絵描きになることが、ぼくのキャリアなんだよ」

「おまえへのわたしたちの愛はどうなるんだ。おまえにいい教育を与えたいがために努力してきたことは？　おまえはこんなじゃなかったはずだ。そして今起きていることが、事故のせいだと思わざるを得ないんだ」

「聞いてよ、ぼくは二人を、何よりも、世界の誰よりも愛してるよ」

大使は咳払《せきばら》いした。彼はそんな直接的な愛情表現に慣れていなかった。

「それなら、わたしたちへの愛のために、頼むから、おまえの母さんの望むようにしてくれ。しばらく絵を描くのはやめて、おまえと同じ社会階級の友だちとつきあって、また学業に戻るんだ」

「父さんはぼくを愛してるんだろ。なら、そんなことは言わないでくれよ。自分が大切にしてることのために闘って、いつもぼくのいい模範となってきたんだから。なのに、自分の意志もない男になれだなんて言わないでくれよ」

「わたしは愛のために、って言ったんだ。そんなことは今まで口にしたこともないが、今まさにおまえに頼んでるんだ。おまえのわたしたちへの愛のために、わたしたちのおまえへの愛のためにも、帰ってきてくれ。物理的な意味だけじゃなく、本当に帰ってきてくれ。おまえは自分に嘘をついて、現実から逃げてるんだ。

おまえが生まれてから、家族の人生がどんなものになるか、ずっと夢を描いてきたんだ。おまえはわたしたちの全てで、未来で、過去でもあるんだ。おまえの祖父たちは公務員で、外交の世界に入り、梯子《はしご》を登ってゆくために、ライオンのように戦わなくてはならなかったんだ。そしてわたしも、おまえの場所を作るために、おまえが楽に生きられるようにがんばってきた。大使として、初めて書類に署名したペンはまだ持ってるし、おまえが初めて署名する時に渡せるように、今でも取ってあるんだ。

わたしたちを裏切らないでくれ。永遠に生きていられるわけじゃないし、静かに死んでいきたいんだ。おまえが人生の正しい道を歩いてると安心しながらね。

我々を本当に愛してるなら、言う通りにしてくれ。もし愛してないなら、このまま続けるがいい」

エドアードは何時間もブラジリアの空を見上げて、青い空を動いていく雲を見て過ごした。そんな美しい雲も、中央ブラジルの大平原の乾いた地表を湿らす雨は一滴も含んでいなかった。彼も同じくらい空っぽだった。

もし彼が今の自分のままでい続ければ、母親は悲しみで消えてしまい、父親もそのキャリアへのやる気を失くしてしまい、二人とも、息子の子育てに失敗したことを互いのせいにするだろう。もし絵を諦《あきら》めてしまったら、楽園のビジョンは永遠に日の目を見ることはなくなる。そしてこの世界に、他に同じくらいの喜びや楽しみを彼に与えてくれるものはないだろう。

彼は周りを見ると、自分の絵を見つけて、ブラシ運びの一つ一つに籠《こ》めた愛と意味を思い出したが、どの絵も平凡に思えてきた。自分は偽物でしかなく、自分にはない才能をほしがるあまり、親を落胆させてしまったのだ。

楽園のビジョンは、英雄や殉教者として本に登場するような、選ばれし少数のもので、すでに幼い頃から、世界が自分に何を望んでいるのかを知っている人のものだった。あの初めて読んだ本の中の、いわゆる真実は、物語作家の作り出したものだった。

夕食の時、彼は両親に、彼らの方が正しかったようだと言った。ただの若者の夢に過ぎなかった、絵への興奮はもう冷めたと。両親は喜び、母親は泣いて、息子を抱きしめると、全てが普通に戻っていった。

その夜、大使は、秘《ひそ》かに自分の勝利を記念して、一人でシャンパンを開けて飲んだ。それからベッドに入ると、妻は数年ぶりに、すでに静かに眠っていた。

次の日、彼らはエドアードの部屋がひどく散らかっているのを見つけた。絵は切り裂かれ、息子は空を見上げて隅の方に座っていた。母親は彼を抱きしめて、どれだけ彼を愛しているか告げたが、エドアードは何の反応も見せなかった。

彼はもう愛とは関わりあいたくなかった。もうどうでもよかった。容易《たやす》く諦めて、父親のアドバイスに従えると思ったのだが、その作品に入り込みすぎていた。人を夢から隔てている深い裂け目を渡ってしまっていたから、戻ることはできなくなっていた。もう前にも後ろにも身動きが取れなくなっていた。いっそ幕を引いてしまう方が簡単だった。

エドアードはそれからブラジルに五ヶ月間残ると、専門家の診察を受けて、稀《まれ》な多重人格と診断され、それは自転車事故の後遺症かもしれないと言われた。それからユーゴスラビアで戦争が勃発《ぼっぱつ》し、大使は大急ぎで召喚された。家族がエドアードの面倒を見るには問題が多すぎて、唯一残された方法は、新しく開院されたヴィレットに入れることだった。

えていた。

エドアードが物語を話し終えた頃には、すでに暗くなっていて、二人は寒さに震えていた。

「中に入ろうよ」と彼は言った。「もう夕食が出る頃だよ」

「子供の頃、家族で祖母に会いに行くと、いつも彼女の家にあった一枚の絵に魅了されたの。そこには女性が描かれてたのよ。カトリックなら聖女ってことだけど、世界の上に立って、両手を大地の方へ伸ばして、指から光線が出てるの。一番興味を惹《ひ》かれたのは、その聖女が生きた蛇の上に立ってたってことよ。わたしは祖母に聞いたの。〝あの人は蛇が怖くないの？　足に嚙《か》みついて、あの人を毒で殺しちゃうんじゃないの？〟

でもわたしの祖母は言ったわ。〝聖書では、蛇は地球に善と悪をもたらし、その愛で善も悪も見守ってるのよ〟って」

「それがぼくの話とどう関係あるんだい？」

「あなたにはまだ逢《あ》って一週間だし、あなたを愛してると言うにはあまりに早すぎるけど、たぶん今晩一杯は保《も》たないから、遅すぎるわけでもあるのよね。でも、男と女の大きな狂気がまさにそれなのよ。愛という狂気ね。

あなたは愛の物語を話してくれたわ。わたしは、両親があなたのためを想っていたと心から信じてるけど、その愛が、あなたの人生を破壊するところだったのよ。もし聖女が、祖母の絵のように蛇に乗っていたら、愛には二つの顔があることになるわね」

「何が言いたいのかは分かるよ」とエドアード。「きみが混乱させるから、ぼくは電気ショック治療を受けたいって、看護師たちにけしかけたんだ。ぼくは感じていることをうまく言えないし、愛は一度、ぼくを破壊してるんだ」

「怖がらないで。わたしは今日、イゴール博士に、永遠に目を閉じられる場所を選ぶために、ここを出る許可をもらいにいったの。でも、あなたが看護師たちに押さえつけられているのを見て、この世界からいなくなる時に、何を見ていたいか気づいたの。そしてここを出ないことに決めたの。

あなたが電気ショック治療の後に眠っていた時、わたしはまた心臓発作を起こして、もうその時が来たって思ったの。あなたの顔を見て、あなたの物語が何なのか思い浮かべようとして、幸せな状態で死ねるよう、心の準備をしてたわ。でも死はやってこなくて、わたしの心臓はまた生き返ってしまったの。まだ若いからかもしれないけど」

彼は下を向いた。

「愛されてることを恥ずかしいと思わないで。べつにあなたから何かほしいって言ってるわけじゃなくて、ただ、あなたを愛して、今夜もう一度、その力がもし残っていたら、ピアノを弾かせてほしいの。その代わり、一つだけ聞いてほしいの。もし誰かが、わたしが死にそうだって言うのを聞いたら、わたしの病棟へ真っ直ぐ来て。この願いだけは聞いて……」

エドアードは長いこと静かだった。そしてベロニカは、彼がべつの世界に引き籠《こ》もってしまって、もうしばらくは戻ってこないんじゃないかと思った。

すると彼は、ヴィレットの壁の向こうの山々を見ながら言った。

「もしここから出たければ、連れていってあげてもいいよ。ただジャケットと少しのお金を取ってくる時間さえくれればね。それなら、すぐに行けるよ」

「そんなに保たないわ、エドアード。それくらい分かってるでしょ」

エドアードは返事をしなかった。彼は中へ入って、すぐにジャケットを二着持って出てきた。

「永遠に続くよ、ベロニカ。楽園のビジョンを忘れようとして、ぼくがここで過ごした、同じような昼と夜よりもずっと長く。そして実際、ぼくはビジョンをほとんど忘れかけてたんだ。どうやらまた戻ってきてるような気もするけど」

「いいわ、行きましょ。狂った人は、狂ったことをするものよ」

その夜、みんなで夕食に集まった時、患者たちは、四人がいないことに気づいた。

長い治療の末に退院が許されたことを、すでにみんなも知っていたゼドカ……。たぶん、またいつものように、映画にでも行ってるであろうマリー……。まだ電気ショック治療から立ち直っていないかもしれないエドアード……。それを考えると、患者たちは皆怖くなり、沈黙したまま夕食を食べ始めた。

そしてようやく、あのグリーンの瞳《ひとみ》と茶色い髪の女の子がいないことが分かった。この一週間さえ保《も》たないと分かっている人が。

ヴィレットでの死については、敢《あ》えて誰も口にしない。誰かがいない時はすぐに分かった。みんな何も起きてないかのように振る舞いはしたが。

噂はテーブルからテーブルへと伝えられた。あんなに生に満ち溢《あふ》れていたのに、今は病院の裏の小さな霊安室に横たわっているのかと思い、泣き出す人もいた。そこには、昼間でさえ、本当に勇気のある人しか寄りつかなかった。大理石のテーブルが三台あり、たいていその一台には、シーツを被《かぶ》せた新しい死体があった。

みんな、今夜ベロニカがそこにいることは分かっていた。本当に狂っていた人たちは、たまにピアノを弾いては安眠を妨げていた、その週のもう一人のゲストのことなど忘れていた。その報《しら》せを聞いた時、何人かはかなり悲しんだ。集中治療室の時に、彼女を看《み》ていた看護師たちは特に……。でも、ある者は去り、ある者は死に、そして大半の患者の病状が確実に悪化していたから、職員は患者とあまり強い絆《きずな》を作らないように訓練されていた。

彼らの悲しみも少しは残ったが、次第に薄れていった。

でも患者の大多数は、その報せにショックを受けて、悲しむふりをしていたが、本当はほっとしていた。またもや殺人天使がヴィレットの上を飛び去ったというのに、彼らはまた助かったのだから。

夕食後にクラブが集まった時、メンバーの一人がみんなにメッセージを渡した。マリーは映画館に行ったわけではなく、彼女は二度と戻らないつもりでそこを去り、その男にメモを残していったのだ。

誰もそのことにたいした意味を感じなかったようだ。彼女はいつも人とは違っていた。それは異常なくらいで、ヴィレットの理想的な暮し方には適応できなかった。

「マリーには、我々がここでどれだけ幸せなのか分からないんだ」と一人が言った。「我々は共通の目的を持つ仲間で、毎日決まった生活を送り、たまに一緒に旅行したり、講師を招いて大事な話をしてもらい、それからそれについて話し合うんだ。我々の人生は完璧《かんぺき》な平衡に到達しており、それは外の多くの人が本当は達成したがっていることなんだ」

「ヴィレットで我々は、失業からも、ボスニアの戦争の結果からも、経済的な問題と暴力からも守られているのは言うまでもなく……」ともう一人が言った。「調和を見出《みいだ》したんだ」

「マリーはわたしにメモを預けていった」とその報せを託された人が、未開封の封筒を見せて言った。「声に出して読んでほしいと言っていたよ。まるでわたしたち全員にさよならを言うみたいに」

そのグループの一番年上の人が封筒を開けて、マリーの望み通りにした。彼は途中でやめそうになったが、もうすでに遅く、最後まで読むことにした。

「わたしがまだ若い弁護士だった頃、イギリスの詩人の詩を何篇か読んで、その言葉にとても感動したの。〝貯めるだけの貯水池にはならず、溢れる噴水になりなさい〟わたしはずっと彼が間違ってると思ってたの。愛する者たちのいる場所まで洪水にしてしまって、わたしたちの愛と興味で溺《おぼ》れさせてしまうかもしれないから、溢れさせるのは危険だと。わたしは今までずっと貯水池であろうとしたの。自分の内なる壁を絶対に越えずに。

それから、わたしは理解できない理由で、パニックの発作に襲われるようになったの。ずっと自分がなりたくないと思ってきたような人間になっていたの。溢れてしまう噴水になり、周りのものを全て、水浸しにしてしまったの。その結果が、ヴィレットへの入院だったわ。

治った後、わたしは貯水池に戻って、みんなと出会ったの。あなたたちの友情に、愛情に、幸せな時間には感謝してるわ。わたしたちは水族館の魚のように一緒に住み、必要な時には人が食べ物を投げ入れてくれ、いつでも好きなときにガラス越しに外の世界を眺めることができたから、満足していたの。

でもきのう、ピアノと、おそらくはすでに死んでしまっているだろう若い女性のおかげで、わたしはとても大切なことを学んだの。中の生活は、外の生活と全く同じなの。向こう側でもこちら側でも、人は一緒にグループを作り、その凡庸な存在を、なにか変わったことに邪魔されないように壁を作るの。そうすることに慣れていることだけ行なって、意味のないテーマについて勉強して、楽しむべきだと思われるから楽しむの。そして、他の人たちのことは、ただなんとなく生きて、勝手にやっていればいいと放っておくの。彼らは、よくわたしたちもしているように、問題や不正だらけの世界の中で自分たちの幸せを裏づけるものとして、テレビでニュースを観るの。

わたしが言いたいのは、クラブでの生活は、ヴィレットの外のほとんどの人の生活と同じだってことよ。水族館のガラスの壁の向こう側の知識を全て慎重に避けてるの。しばらくはそれも安心で役立つけど、人は変わるものよ。わたしはもう六十五歳で、年齢的な限界もちゃんと理解してるけど、今から冒険を求めて出かけるわ。わたしはボスニアへ行くことにしたの。そこにはわたしを待ってる人がいるわ。まだ誰もわたしのことは知らないし、わたしも誰も知らないけど。でも、わたしだって役に立てると思うし、冒険の危険には、一〇〇〇日分の安らぎも安心も敵《かな》わないから」

男がメモを読み終えると、クラブのメンバーはそれぞれの部屋や病棟へと戻り、とうとうマリーもおかしくなったと思っていた。

エドアードとベロニカは、リュブリャーナで一番高級なレストランを選ぶと、最高の料理を頼み、一九八八年物のワインを三本飲んで酔っぱらった。夕食の間、二人は一度もヴィレットのことも、過去や未来のことも口にしなかった。

「あの蛇の話はよかったな」と彼は言いながら、彼女のグラスに何杯目かのワインを注いだ。「でも、きみのお祖母《ばあ》ちゃんは、その物語を正しく理解するには歳を取り過ぎてたんじゃないのかな」

「わたしのお祖母ちゃんをバカにしないで！」ベロニカは酔って叫ぶと、レストラン中の人を振り向かせた。

「この若い娘のお祖母ちゃんに乾杯だ！」とエドアードは急に立ち上がって言った。「ぼくの前に座っている、ヴィレットから逃げ出したとしか思えない、この頭のおかしい娘のお祖母ちゃんに乾杯を」

人々はまた食事に注意を戻した。何事もなかったかのように。

「わたしのお祖母ちゃんに乾杯！」とベロニカも言った。

レストランのオーナーが彼らのテーブルへやってきた。

「マナーをお守りください！」

二人は少しだけ静かにしていたが、またすぐに大声でしゃべり始め、意味不明な言葉を発し、不適切な振る舞いをしだした。レストランのオーナーはまた彼らのテーブルへやってきて、お金は払わなくていいから、すぐに出ていってくれと言った。

「あの途方もなく高いワインを飲んだのに、すっごいお得だね」とエドアードは言った。

「この人の気が変わらないうちに早いとこ行こうぜ」

男の気は変わらなそうだった。彼はすでにベロニカの椅子を引いていた。それはできるだけ早く彼女をレストランから放り出すための、精一杯の礼儀正しい行動だった。

二人は街《まち》の中心の、小さな広場の真ん中まで歩いていった。ベロニカが修道院の自分の部屋を見上げると、酔いはすぐに覚めていった。彼女は間もなく死ぬことを思い出したのだ。

「もっとワインを買おうよ！」とエドアードは言った。

近くにバーがあった。エドアードがボトルを二本買って、二人はまた座って飲み始めた。

「わたしのお祖母ちゃんの絵の理解の何がおかしいって言うの？」とベロニカは言った。

エドアードはあまりに酔っていたから、レストランでなんて言ったのか、すごく集中しなければならなかったが、なんとか思い出した。

「きみのお祖母ちゃんは、愛が善と悪を学ばなければならないから、あの女性《ひと》が蛇の上に立ってるって言ったんだよ。かわいくてロマンチックな解釈だけど、そんなことじゃないんだ。そのイメージは前に見たことがあるよ。絵に描きたいと想っていた楽園のビジョンのひとつなんだ。どうしていつもあんな風に聖女を描くのか、いつも不思議だったんだ」

「どうしてだったの？」

「それは聖女が女性的なエネルギーを意味していて、知恵を象徴する蛇の愛人だからさ。もしイゴール博士が嵌《は》めてる指輪を見てみれば、そこに医者のシンボルが付いてることに気づくだろう。棒に絡まりつく二匹の蛇。愛は知恵の上に位置するんだ。聖女が蛇の上にいるように。彼女にとっては、全てが霊感なんだ。彼女は何が善で何が悪かなんて、判断する気もないんだ」

「他のことを教えてあげましょうか？」とベロニカ。「聖女はね、他人が自分のことをどう思ってるかなんて気にもしなかったのよ。あの聖霊の話をみんなに説明しなければならないことを考えてみて。彼女は何の説明もせずに、ただこう言ったの。〝それが起きたのよ〟って。そうしたら、みんなはなんて言ったかわかる？」

「もちろん。彼女は頭がおかしいんだ、だろ」

二人とも笑った。ベロニカはグラスを挙げた。

「正解！　ただ話してるより、その楽園のビジョンを描くべきよ」
「それじゃ、まず、君の絵から始めようか」とエドアードは言った。

小さな広場の横には、小さな丘がある。その小さな丘の上には、小さな城がある。ベロニカとエドアードは、悪態をついては笑い、氷で滑っては、疲れて文句を言いながら、きつい坂道を登った。

城の横には、巨大な黄色いクレーンがあった。初めてリュブリャーナを訪れた人は、そのクレーンを見ると、城が修復中で、すぐに作業が完成するのだろうという印象を受ける。でもリュブリャーナの市民は、誰もなぜかは知らなくても、そのクレーンがもう何年もそこにあることを知っていた。ベロニカはエドアードに、幼稚園の子供たちが、リュブリャーナ城の絵を描くように言われると、必ずクレーンを描き込むだろうと話した。
「結局、クレーンの方が、お城よりもずっとよく保存されてるわ」

エドアードは笑った。
「きみはもう死んでるはずなんじゃないのか」と彼は言った。まだ酒に酔ってたものの、その声にはほんの少しの不安が入り交じっていた。「きみの心臓があの坂に耐えられたなんてな」

ベロニカは彼にとても長い、名残惜しそうなキスをした。

「わたしの顔を見て」と彼女は言った。「心の目で覚えておいて、いつか描けるように。もしあなたが望むなら、それがあなたの出発点になってもいいわ。でも必ず絵に戻ってちょうだい。それが最後のお願いよ。あなたは神を信じる？」

「信じるよ」

「それなら、あなたの信じる神に誓って、わたしを描くと言って」

「誓うよ」

「そしてわたしを描いたら、それからずっと絵を描き続けて」

「そこまで誓えるかどうかは分からないよ」

「誓うのよ。まだあるの。わたしの人生に意味を与えてくれてありがとう。わたしはこれまで体験してきたことを全て体験するために、この世界に生まれてきたの。自殺未遂をして、自分の心臓を壊して、あなたに会って、この城まで来て、あなたの心にわたしの顔を刻みつけさせた。それが、わたしがこの世に生まれてきた唯一の理由なのよ。あなたを逸《そ》れてしまった道に戻すために。わたしの人生が意味もなく終わったなんて思わせないで」

「まだ早すぎるのか、遅すぎるのかは分からないけど、きみがぼくにしてくれたように、きみを愛してるって伝えたいんだ。信じなくてもいいけど。ただのバカな、ぼくの幻想かもしれないから」

ベロニカは彼を抱きしめ、彼女が信じていない神様に、その瞬間に生命を奪ってほしいと心の中で呟《つぶや》いた。

彼女は目を閉じ、彼も同じようにしているのを感じた。そして彼女に、深い、夢のない眠りが訪れた。死は甘く、ワインの香りがして、彼女の髪を撫《な》でた。

エドアードは誰かに肩を突《つっ》かれるのを感じた。そして目を開けると、夜が明けていた。

「もしよければ、市庁舎で暖をとってもいいよ」と警察官が言った。「ここにいたら、凍っちまうぞ」

すぐに、エドアードは前の夜に起こった全てを思い出した。そして腕の中には女性がいた。

「彼女……、彼女は死んだんだ」

でもその女性は動いて、目を開けた。

「どうなってるの？」とベロニカは聞いた。

「べつに」とエドアードは言うと、彼女を立たせた。「というか、奇跡が起こったんだ。人生のもう一頁さ」

イゴール博士が診察室に入って電気を点《つ》けるや否や（日の出は遅く、まだ冬が長い尾を引きずっていたから）、看護師がドアをノックした。

「今日は早く始まったな」と彼は独り言を言った。

難しい一日になりそうだ。ベロニカと話さなければならないからだ。彼は今週ずっとその機会を待っていて、前の夜もほとんど一睡もしていなかった。

「困ったニュースがあります」と看護師は言った。「患者が二人消えています。大使の息子と、心臓に問題を抱えた女です」

「本当に、おまえたちは役立たずばかりだな。この病院の警備もべつに大したことはないが……」

「ただ、今まで誰も逃げようとしなかったので」と看護師は怖がって言った。「そんなことができるなんて思わなかったんです」

「もう出て行け！　オーナーたちへの報告書を書いて、警察に報《しら》せて、やることをやらなければならないからな。みんなにわたしの邪魔をしないように言っておけ。こういうことは何時間もかかるんだ！」

看護師は顔面蒼白《そうはく》になり、この大問題の責任の大部分が自分にのしかかってくることを知りながら退室した。それが権力のある者の、弱者への行動だから。男はその日が終わる前に、間違いなく首になるだろう。

イゴール博士はノートを取って、テーブルの上に載せると、メモを取り始めた。それから彼は考え直した。

彼は電気を消して、最初の太陽の光に不安定に照らされたオフィスに座ると、笑った。うまくいったようだ。

少ししたら、彼は必要なメモを書き、唯一のヴィトリオルの治療法を解説するだろう。生への意識だ。そして患者への最初の大きなテストに用いた薬を説明した。死への意識だ。

もしかしたら、他の薬も存在したかもしれないが、イゴール博士は、科学的に実験する機会のあった一つを、論文の中心に据えることにした。予期せずして、彼の運命の一部になった若い女性のおかげで。彼女がここへ到着した時は随分ひどい状態で、深刻な薬の過剰摂取に苦しみ、ほとんど昏睡《こんすい》状態だった。彼女は生と死の狭間《はざま》を、ほとんど一週間ほどさ迷い続けたが、それは彼の実験のためとなるすばらしいアイデアを思いつくのに十分な時間だった。

全てが一点にかかっていた。娘の生きたいという力に。

そして彼女は、深刻な結果もなく、取り返しのつかない健康問題もなく生き残った。彼女さえ気をつけていれば、彼と同じくらいか、それよりも長く生きられるだろう。

でも、それを知っていたのはイゴール博士だけだった。自殺未遂の人間が、またいつか同じことを繰り返すことも。どうせなら、彼女の体内からヴィトリオル、または憂鬱《ゆううつ》をなくすことができるかどうか、モルモットとして使ってみてははどうだろうか?

その結果、イゴール博士は計画を思いついた。

フェノタルという薬を使って、彼は心臓発作の効果をシミュレートすることができた。彼女は一週間、その薬を注射された。死について考え、自分の人生を振り返る時間があっただろうから、彼女はとても怖かっただろう。そのようにして、イゴール博士の論文によれば(その論文の最終章は、〝死を意識することで、より密度の濃い人生を送るよう力づけられることがある〟となる予定だった)、彼女は体内から完全にヴィトリオルを排除してしまったので、二度と自殺を繰り返すことはないはずだった。

彼は今日、彼女と会う予定だったので、注射のおかげで彼女の心臓の状態を完全に逆転させることに成功したと伝えるつもりでいた。ベロニカの逃亡は、彼女にまた嘘をつくという気の咎《とが》めるような体験から、彼を救ってくれた。

イゴール博士が考えていなかったのは、彼のヴィトリオル中毒治療の伝染性だった。ヴィレットの多くの人が、その遅い、取り返しのつかない死を怖れていた。みんな自分に何が欠けているのかを考えて、自分の人生を考え直さざるを得なくなっていたにちがいない。

マリーは退院を希望して、彼のところへやってきた。他の患者も、その症状をもう一度検査し直してほしいと言ってきていた。でも大使の息子の立場にはもっと問題があった。それはたぶん、彼がただベロニカの逃亡を助けるために消えてしまったからだ。

「もしかして、まだ一緒にいるかもしれないな」と彼は思った。

どちらにしても、大使の息子は、もし戻って来たくなれば、ヴィレットがどこにあるのか知っていた。イゴール博士は、細かいことに気を配るには、あまりにも結果に興奮していた。

少しの間、彼はまた一つの疑念に襲われた。遅かれ早かれ、ベロニカは自分が心臓発作で死なないことに気づくだろう。彼女はたぶん専門医を訪れ、その医者は彼女の心臓が完全に普通だと告げるだろう。彼女は、ヴィレットで自分を診た医者が、完全に無能だと判断するだろうが、それでも、禁じられた事象をリサーチする者には、ある程度の勇気と、ある程度の無理解がなければならないのだ。

でも、いつかやってくる死への恐怖と共に、彼女が生きていかなければならない日々についてはどうだろう？

イゴール博士は長いこと、一生懸命思いを巡らしてから、それはべつにどうでもいいことだという結論に達した。彼女は毎日を奇跡だと思うだろう。わたしたちはかない存在の毎秒毎秒に起こり得る、たくさんの予期せぬことを考えれば、実際にそうだろう。

彼は太陽光線がどんどん強くなっていっていることに気づいた。この時間には、患者たちも朝食を食べているだろう。すぐに彼の待合室もいっぱいになり、いつものような問題が起こるから、そろそろ、論文のためのメモを取り始めた方がいいだろう。

彼は注意深く、ベロニカとの実験について書き始めた。そしてこの建物の警備の薄さについての報告書は、後回しにすることにした。

一九九八年
聖ベルナデットの日

訳者あとがき

修道院に間借りしていたベロニカは、睡眠薬を飲んでまさに自らの生命を絶とうとしていた。彼女は若く、美しく、知的な女性だった。ただ、老いてゆくだけの自分の未来に希望を見出《みいだ》せず、何かが彼女の人生に大きく欠けていた。だが、なかなか訪れない死の瞬間を待つ間、彼女は雑誌の書き出しに目を留めた。〝スロベニアはどこにあるのか？〟そんな母国への無神経な皮肉を許せなかった彼女は、遺書代わりにその雑誌社へ文句を書き残すことにした……。

こうして始まるベロニカの物語は、現代で大きな問題となっている狂気や鬱病《うつびょう》を扱ったもので、作家パウロ・コエーリョの新しい一面を垣間見《かいまみ》させてくれる。形のない狂気は病気なのか。「わたしは狂ってなんかない」そんな言葉だけで狂気と断定していいのか。大多数の偉人が、同時に狂人だったではないか。物語の中で、彼はヴィトリオルという毒の存在を提示しているが、果たしてその正体とは……。

パウロ・コエーリョという名前と最初に出逢《であ》ったのはまだ石畳の冷たいフィレンツェの本屋だった。二十五年振りの大洪水の水嵩《みずかさ》が退いて、人々は安全のために運び出してお いた家具を戻そうとしていた。平積みされた色鮮やかな表紙の中で、その時目に留まったのは、多くの人にとってそうであったように、既に世界中の言語に翻訳されていた『アルケミスト　夢を旅した少年』(角川文庫)だった。当時ウンベルト・エーコの『薔薇《ばら》の名前』や『フーコーの振り子』のように、神秘主義的な作品が大きく流行《はや》っていたこともあり、てっきりヨーロッパの作家によるものだと思っていたが、手に取ってみて初めて、それがブラジル人の手によるものだと知った。ブラジルでは新興宗教のコミューンも、カンドンブレやマクンバといったアフリカ系の宗教をベースにした白魔術も黒魔術も盛んで、そうした神秘主義の素養は十分持っているのだが、それは結局後で知ったことだ。ブラジル……、南米……。その時、なぜかガルシア・マルケスの『百年の孤独』のジプシーや錬金術の場面が浮かんできた。だが目の前の『アルケミスト』はとてもヨーロッパ的な匂いを漂わせていた。

アンダルシアの羊飼いの少年サンチャゴは、ある日、ピラミッドの傍に宝物を見つける夢を見た。そして夢を追いかけてエジプトへと渡った少年は、様々な困難に遭いながらも旅を続け、砂漠の真ん中で、ある錬金術師の弟子となる。だが宝探しに出かけたはずの旅は、いつしか自己探求の旅へと変わっていた……。

かつては劇作家、舞台演出家、ジャーナリストにして、エリス・レジーナなどブラジルの歌手に詞を提供した作詞家でもあった、一九四七年生まれの白髪のブラジル人作家が、この作品で人々の好奇心を惹《ひ》きつけたのは一九八八年（日本では一九九四年に翻訳出版されている）のこと。錬金術師というタイトルも、多くの人に魅力となったのだろう。淡々とやさしく、少年の旅と彼の出会う困難や啓示を綴《つづ》った物語は、何らかの癒《いや》しを求める時代にあって、瞬く間にベストセラーとなり、その前に書かれていた『星の巡礼』（角川文庫）への注目も呼んだ。

ガイドと共に剣を探す、サンチャゴ・デ・コンポステーラへのパウロの巡礼を記録したこの旅物語は、また自分探しの旅でもあり、様々な困難を乗り越える度に自分を発見し、神秘主義者たちの通った道を振り返る。完歩するのに一ヶ月かかる五〇〇マイルの道のりは、今でも当然歩くことができ、彼のホームページのリンクで地図や案内を見ることもできる。

当然、同じ道を辿《たど》ろうとする人もいて、精神世界を描いた本の読者の多くは、その文章の中にいきなり答えを求めてしまう人も多いようだが、彼はあえて答えを提示しない。読者一人一人が、各々の答えを探し出していくことを勧めている。大事なのは、その過程なのだと（それは同時に、中世の神秘主義者たちも望んだことだ）……。

ベロニカもまたそんな厳しく険しい道のりを辿っていく。白い精神病院のベッドで目を覚ますと、鼻には管が繋《つな》がれ、手足は縛られていた。彼女はそこで風変わりな医師と〝狂人〟たちに遭遇し、自らの生と死に苛立《いらだ》ちを覚えながらも、いつしか自分と向き合う方法を覚えていく。電気ショック治療で精神世界を浮遊する女。ベロニカが弾くピアノをひた待ちにする多重人格者の男。〝クラブ〟という知的サークルに所属する女。そんなガイドや障害のおかげで、今にも死ぬかもしれないという身で、彼女は皮肉にもようやく生きる希望を見出していく。

作品中に、パウロ自身の名がしばしば登場する。ベロニカが見た記事のゲーム・ソフトは彼の制作であり（実際に彼はゲームをデザインしている）、彼の友人でもあり、精神病院の院長の娘である〝ベロニカ〟から、雑誌の書き出しを理由に自殺したベロニカという娘のことを聞かされる章でも登場し、自分もブラジルで精神病院にいたことなど、自らの過去についても振り返るが、どうしてそんな章を挿入する必要があったのかと、各方面から賛否両論があった。

しかし、彼に対する賛辞もあれば、批判もあるのは今に始まったことではない。文学ではなく、精神世界の本として片づけられることもあれば、彼を確固たる小説家と見なす人も多い。個人的には、今回の作品はとても好きな作品であり、小説としてもよくできていると思う。猟奇殺人的な小説のように、狂気にカリスマ性を与えることも、美化することもなく、人の内的世界に降りて、そこに何があるのかを見極めようとしている。ストレス、片頭痛、不眠症、無気力……。そんな形のないものに、医学的でも文化的でもなく、なんとか精神的に手がかりを見つけようとしているような気がする。おそらく何の解決にもならないだろう。だがもう一度自分の精神状態を見つめ直すきっかけにはなるんじゃないだろうか。そんな全ての、病であって病でない平和な病気を。だからスロベニアという戦争を経験したばかりの地を選んだのかもしれない。平和で富める社会には、必ずそんな症状が訪れるものだから。今の日本を見れば分かる。人は退屈を免れるために普通の事を複雑にする。普通さを複雑にすることでしか差別化を図れない。そこでパウロは、狂気とは何かを知るために、まず普通とは何かを問い直した。普通の生活……。それは普通の仕事、普通の結婚、普通の家族、普通の老後、普通の死……。緩やかなカーブを描く普通さの魅力は何なのか。そして彼は〝普通の人〟の、普通さに合わせようとする時の微妙なズレや矛盾の積み重なりが、狂気へと繋がるという結果を導き出した。

念のために、これまでの他の作品も遡《さかのぼ》ってみよう。まずは、神の教えに従った結果、様々な障害に直面するイスラエルの預言者エリヤの物語から、逆らえない運命や試練を経験しても第五の山に登らなければ見えてこないことを描いた一九九六年の『第五の山』（角川文庫）。次に、若い男女が恋する気持ちを秘めたまま別れ、また十一年後に出逢っても、互いの蟠《わだかま》りのためにうまくいかないが、フランス側のピレネー山脈にある川の辺《ほとり》で話したら、互いのありがたみが分かったという愛の物語が、一九九四年の『ピエドラ川のほとりで私は泣いた』（角川文庫）。そしてパウロが妻と出かけたモハベ砂漠で出逢った女性だけのバイカー集団との関係を通して、過去を水に流し、未来について考えるきっかけとなることを描いた一九九二年の『ヴァルキリーズ』（未訳）。アイルランドで、魔法使いに魔女になりたいと頼んだ女性と、男性的な太陽の宗教と女性的な月の宗教との橋渡しとなるのは愛しかないということを描いた一九九〇年の『ブリダ』（未訳）が主なものだが、新聞に掲載された文章を集めた『マクトゥブ』（未訳）もある。そんな彼の小説に一貫しているのが、何かがきっかけで視野が広がり、愛や心の広さで試練を乗り越えていくという物語と、美しく淡々とした詩のような文体だ。その詩情なくして、人がそこまで彼の神話に引き込まれることはないだろう。

そして二〇〇〇年の『悪魔とプリン嬢』（角川書店）。今度は、天使と悪魔だ。彼らが人里離れた村で対決できるのは七日間。遠くからやってきた男は村にどんな影響を与えるのか。人は生まれながらに善か、それとも悪か。そんな根源的な疑問を突きつけられる不思議な作品だ。

この作品を翻訳する縁を下さった角川書店の菅原さん、そして助けてくれた代々の神秘主義者たちの霊と、ぼくの片頭痛の〝普通さ〟に感謝を述べたい。

本書は、二〇〇一年一月に弊社より刊行された
単行本を文庫化したものです。

ベロニカは死《し》ぬことにした

パウロ・コエーリョ

江《え》口《ぐち》研《けん》一《いち》=訳

角川文庫　12917

平成十五年四月二十五日　初版発行
平成十五年五月二十五日　再版発行

発行者——福田峰夫

発行所——株式会社角川書店
東京都千代田区富士見二—十三—三
電話　編集(〇三)三二三八—八五五五
　　　営業(〇三)三二三八—八五二一
〒一〇二—八一七七
振替〇〇一三〇—九—一九五二〇八

印刷所——旭印刷　製本所——本間製本

装幀者——杉浦康平

落丁・乱丁本はご面倒でも小社受注センター読者係にお送りください。送料は小社負担でお取り替えいたします。

定価はカバーに明記してあります。

Printed in Japan

コ 11-5　ISBN4-04-275005-2　C0197

角川文庫発刊に際して

角川源義

第二次世界大戦の敗北は、軍事力の敗北であった以上に、私たちの若い文化力の敗退であった。私たちの文化が戦争に対して如何に無力であり、単なるあだ花に過ぎなかったかを、私たちは身を以て体験し痛感した。西洋近代文化の摂取にとって、明治以後八十年の歳月は決して短かすぎたとは言えない。にもかかわらず、近代文化の伝統を確立し、自由な批判と柔軟な良識に富む文化層として自らを形成することに私たちは失敗して来た。そしてこれは、各層への文化の普及滲透を任務とする出版人の責任でもあった。

一九四五年以来、私たちは再び振出しに戻り、第一歩から踏み出すことを余儀なくされた。これは大きな不幸ではあるが、反面、これまでの混沌・未熟・歪曲の中にあった我が国の文化に秩序と確たる基礎を齎らすためには絶好の機会でもある。角川書店は、このような祖国の文化的危機にあたり、微力をも顧みず再建の礎石たるべき抱負と決意とをもって出発したが、ここに創立以来の念願を果すべく角川文庫を発刊する。これまで刊行されたあらゆる全集叢書文庫類の長所と短所とを検討し、古今東西の不朽の典籍を、良心的編集のもとに、廉価に、そして書架にふさわしい美本として、多くのひとびとに提供しようとする。しかし私たちは徒らに百科全書的な知識のジレッタントを作ることを目的とせず、あくまで祖国の文化に秩序と再建への道を示し、この文庫を角川書店の栄ある事業として、今後永久に継続発展せしめ、学芸と教養との殿堂として大成せんことを期したい。多くの読書子の愛情ある忠言と支持とによって、この希望と抱負とを完遂せしめられんことを願う。

一九四九年五月三日

角川文庫海外作品

アルケミスト
夢を旅した少年

パウロ・コエーリョ
山川紘矢＋
山川亜希子＝訳

スペインの羊飼いの少年は、夢に見た宝物を探しに旅に出る。その旅はまた、人生の偉大なる知恵を学ぶ旅でもあった……。感動のベストセラー。

星の巡礼

パウロ・コエーリョ
山川紘矢＋
山川亜希子＝訳

奇跡の剣を探して、スペインの巡礼路を歩くパウロ。それは人生の道標を見つけるための旅に変わって……。パウロが実体験をもとに描いた処女作。

ピエドラ川のほとりで私は泣いた

パウロ・コエーリョ
山川紘矢＋
山川亜希子＝訳

久々に再会した修道士の友人から愛を告白され戸惑うピラールは、彼との旅を通して、真実の愛の力と神の存在を再発見する。世界的ベストセラー。

第五の山

パウロ・コエーリョ
山川紘矢＋
山川亜希子＝訳

紀元前のイスラエル。工房で働くエリヤは、子供の頃から天使の声が聞こえた。だが運命は彼女のささやかな望みは叶えず、苦難と使命を与えた――。

聖なる予言

ジェームズ・
レッドフィールド
山川紘矢＋
山川亜希子 訳

ペルーの森林の中に眠っていた古文書には人類の意識変化について九つの知恵が記されていた。世界的ベストセラーとなった魂の冒険の書。

第十の予言

ジェームズ・
レッドフィールド
山川紘矢＋
山川亜希子 訳

霊的存在としての人類は、なぜ地球上に出現したのか。そしてこれから何処に向かおうとしているのか。世界的ベストセラー『聖なる予言』の続編。

人生を変える九つの知恵
『聖なる予言』の教え

ジェームズ・
レッドフィールド
山川紘矢＋
山川亜希子 訳

ベストセラー『聖なる予言』に記された九つの知恵を、日々の生活の中で実践するためのスピリチュアル・ガイド・ブック。九つの知恵が自然と身につく。

角川文庫海外作品

光の石の伝説Ⅰ
ネフェルの目覚め
クリスチャン・ジャック
山田浩之＝訳

ラムセス大王の治世により平和を謳歌する古代エジプト。ファラオの墓所を建設する職人たちの村に伝わる秘宝をめぐる壮大な物語が幕をあける。

光の石の伝説Ⅱ
巫女ウベクヘト
クリスチャン・ジャック
山田浩之＝訳

ファラオの死により庇護を失った〝真理の場〟。次々に襲いかかる外部の魔の手から村を守ろうと立ちあがった巫女の活躍を描く波瀾の第二幕。

光の石の伝説Ⅲ
パネブ転生
クリスチャン・ジャック
山田浩之＝訳

テーベとペル・ラムセスの間でファラオの座をかけた争いが繰り広げられる中〝真理の場〟では一人の勇者が命を落とした。いよいよ佳境第三巻！

光の石の伝説Ⅳ
ラムセス再臨
クリスチャン・ジャック
山田浩之＝訳

孤独な勇者パネブと王妃タウセルトはエジプトの平安のために力を合わせ最後の戦いに挑む。著者が全身全霊で打ち込んだ感動巨編、ついに完結。

太陽の王 ラムセス 1
クリスチャン・ジャック
山田浩之＝訳

古代エジプト史上最も偉大な王《ファラオ》、ラムセス二世。その波瀾万丈の運命が今、幕を明ける——世界で一千万人を不眠にさせた絢爛の大河歴史ロマン。

太陽の王ラムセス2
大神殿
クリスチャン・ジャック
山田浩之＝訳

亡き王セティの遺志を継ぎ、ついにラムセス即位の時へ。だが裏切りと陰謀が渦巻く中、次々と魔の手が忍び寄る。若き王《ファラオ》、波瀾の治世の幕開け！

太陽の王ラムセス3
カデシュの戦い
クリスチャン・ジャック
山田浩之＝訳

民の敬愛を得た王ラムセスに、容赦無く襲いかかる宿敵ヒッタイト——難攻不落の要塞カデシュの砦で、歴史に名高い死闘が遂に幕を開ける！

角川文庫海外作品

太陽の王ラムセス4
アブ・シンベルの王妃
クリスチャン・ジャック
山田浩之＝訳
カデシュでの奇跡的勝利も束の間、闇の魔力に脅かされるネフェルタリの為、光の大神殿を築くラムセスだが……果して最愛の王妃を救えるのか!?

太陽の王ラムセス5
アカシアの樹の下で
クリスチャン・ジャック
山田浩之＝訳
ヒッタイトとの和平が成立、遂にエジプトに平穏が訪れる――そして「光の息子」ラムセスにも静かに老いの影が……最強の王の、最後の戦い！

千年医師物語II
シャーマンの教え（上）（下）
ノア・ゴードン
竹内さなみ＝訳
触れた相手の死期を語る〝医師の手〟を受け継ぐ者たちが、ロンドン～ペルシア～アメリカへと、千年にわたって繰り広げる、壮大な運命の物語。

千年医師物語III
未来への扉
ノア・ゴードン
竹内さなみ＝訳
現代医療最前線のアメリカ。千年医師の運命は一人の女医に託された。心に闇を抱える人々と触れ合い、彼女が見つけた幸せとは――感動の完結編。

ペイ・フォワード
キャサリン・R・ハイド
法村里絵＝訳
12歳の少年が思い着いた単純なアイデアが、本当に世界を変えてしまう奇跡――世界中の人々が涙にむせた、感動の映画原作。

リンドバーグ（上）
――空から来た男
A・スコット・バーグ
広瀬順弘＝訳
スピリット・オブ・セントルイス号が滑走路に舞い降りた！ 人類初の無着陸太平洋横断飛行を成し遂げた男の人生をつぶさに追った、決定版評伝。

リンドバーグ（下）
――空から来た男
A・スコット・バーグ
広瀬順弘＝訳
膨大なデータや入念な取材から愛児誘拐事件の真相、妻とサン＝テグジュペリとの愛など、人間リンドバーグの内面を緻密に綴るドラマチック巨編。

角川文庫海外作品

彼が彼女になったわけ
デイヴィッド・トーマス
法村里絵＝訳
二十五歳の平凡な男が患者取り違えで性転換手術をされた！　次々降りかかる事件を乗り越え、彼はプライドと愛を取り戻すことができるのか？

ポネット
ジャック・ドワイヨン
青林霞
寺尾次郎＝編訳
天国のママにもう一度会いたい——交通事故で母を失った四歳の少女ポネット。その無垢な魂が起こす奇跡とは？　静謐な思索に満ちた珠玉の物語。

スロウ・ハンド
ミシェル・スラング＝編
中谷ハルナ＝訳
優しい恋人に愛撫されるように、愛しく、ゆっくりと、女たちの心を溶かしてゆく——。8人の女性が描く、女性のためのポルノグラフィー。

ジョイ・ラック・クラブ
エイミ・タン
小沢瑞穂＝訳
中国からアメリカに移住した四人の女性の希いと悲劇を描く、永遠の母娘の絆の物語。処女作にして感動の作品と絶賛された米文学の収穫。

リプリー
パトリシア・ハイスミス
青田　勝＝訳
金持ちの放蕩息子ディッキーを羨望するトムは、あるとき自分と彼の酷似点に気づき、完全犯罪を計画する。サスペンスの巨匠ハイスミスの代表作。

螺線上の殺意
リドリー・ピアスン
羽田詩津子＝訳
上司をかばうため、刑事は過去に殺人を自殺と断定した。だが今、また新たな事件が……。最先端の遺伝子治療と激しいハイテク追跡劇が錯綜する！　傑作ミステリー。

ふりだしに戻る(上)(下)
ジャック・フィニィ
福島正実＝訳
サイモンは、九十年前に投函された青い手紙に秘められた謎を解くために過去に旅立つ。奇才の幻のファンタジー・ロマン。

角川文庫海外作品

アザーズ
A・アメナーバル＝脚本
人見葉子＝編訳
一九四五年、屋敷に住み着く「存在」（アザーズ）に怯え、追い詰められているグレースと二人の子供。その「存在」とは何者なのか？

ブラッド・キング
ティム・ウィロックス
峯村利哉＝訳
始まりは殺した筈の元警部から届いた遺言状だった。精神科医グライムズは逃れる術なく狂気のゲームへと呑み込まれていく…。戦慄のサスペンス。

グリーンリバー・ライジング
ティム・ウィロックス
東江一紀＝訳
囚人たちの暴動で完全に秩序を失ったグリーンリバー刑務所。仮出所直前の囚人医師は、ぎりぎりの理性を揺るがせながら善悪の彼我を彷徨する。

アメリカン・サイコ(上)(下)
ブレット・E・エリス
小川高義＝訳
昼は、ブランドで身を固めたビジネスエリートが、夜は異常性欲の限りを尽くす殺人鬼と化す。現代の病巣を鋭くえぐり取った衝撃の問題作。

シティ・オヴ・グラス
P・オースター
山本楡美子
郷原宏＝訳
ニューヨーク、深夜。孤独な作家のもとにかかってきた一本の間違い電話が全ての発端だった……。カフカ的世界への彷徨が幕を開ける。

ロード・オブ・ザ・リング
『指輪物語』完全読本
リン・カーター
荒俣宏＝訳
「指輪物語」のあらすじ・要点を説明し、さらに「指輪物語」を理解するために必須である「ホビットの冒険」についても解説していく。

ガンスリンガー 暗黒の塔《ダーク・タワー》I
スティーヴン・キング
池央耿＝訳
〈暗黒の塔〉の秘密の鍵を握る黒衣の男を追い、一人の拳銃使い《ガンスリンガー》が今果てしない旅に出る。著者自らライフワークと呼ぶカルトファンタジー超大作。

角川文庫海外作品

ザ・スリー 暗黒の塔《ダーク・タワー》II
スティーヴン・キング
池央耿＝訳
ローランドの前に突然現れた不思議な扉は、現実世界のニューヨークとつながっていた！ 三人の人間との不可思議な旅を描くシリーズ第二弾。

荒地(上)(下) 暗黒の塔《ダーク・タワー》III
スティーヴン・キング
風間賢二＝訳
中間世界の一行に合流したジェイクが迷宮の街の地下にさらわれた。救出に向かうローランドを待ち受けるのは……。キング入魂のシリーズ第三弾。

魔道師の虹(上)(下) 暗黒の塔《ダーク・タワー》IV
スティーヴン・キング
風間賢二＝訳
暴走するサイコ列車から危機一髪で脱出した仲間にローランドが語ったのは、幼き日の衝撃的な愛の物語だった。キング初めての恋愛小説。

イコン(上)(下)
F・フォーサイス
篠原慎＝訳
混迷するロシアに彗星のごとく現れた、カリスマ政治家コマロフ。だが、彼の恐るべき目論見を英情報部は見逃さなかった……超大型スリラー！

神の拳(上)(下)
F・フォーサイス
篠原慎＝訳
ついに独裁者は最終兵器を完成させた。褐色の英国人将校は、独りバグダッドに潜入する！ 湾岸戦争をテーマに描く、最大級スリラー。

カリブの失楽園
F・フォーサイス
篠原慎＝訳
独立を控えたバークレー諸島で総督が暗殺。マクレディは騙し屋の本領を発揮！ 雄々しく闘ったスパイ達に捧げる鎮魂歌。シリーズ完結編。

戦争の犠牲者
F・フォーサイス
篠原慎＝訳
カダフィ大佐が西側に復讐を企てるべく、IRAテロリストをロンドンに送り込もうとしていた……。マクレディ・シリーズ、第三弾！

角川文庫海外作品

売国奴の持参金　F・フォーサイス　篠原慎＝訳
KGB大佐がアメリカ亡命を申し入れてきた。CI擴堺彼を信用したが、マクレディは腑に落ちなかった。スパイ同士の息詰まる対決！

騙し屋　F・フォーサイス　篠原慎＝訳
英国秘密情報機関のベテランエージェント〝騙し屋〟マクレディは、情勢急変のため、引退を勧告される……。最後のスパイ小説、第一弾！

ネゴシエイター(上)(下)　F・フォーサイス　篠原慎＝訳
大統領子息誘拐の陰に潜むソ連とテキサス石油王の途方もない陰謀とは？　犯罪交渉人クインの熾烈な闘争を描く、傑作長編。

第四の核(上)(下)　F・フォーサイス　篠原慎＝訳
西側世界転覆を狙う恐怖の陰謀「オーロラ計画」は始動した！　KGB工作員がイギリスに潜入する。衝撃の構想と比類なきスケール。

帝王　F・フォーサイス　篠原慎＝訳
冒険、復讐、コンゲーム……。短編の名手としても定評のある著者が男の世界を描き切った、魅力の傑作集。表題作ほか七編収録。

悪魔の選択(上)(下)　F・フォーサイス　篠原慎＝訳
ソ連の凶作情報を得た西側は、食料輸出の見返りに軍縮を迫ろうとした。が、KGB議長暗殺を機に、世界は一大危機に突入した！

シェパード　F・フォーサイス　篠原慎＝訳
事故は北海上空、高度一万フィートで発生！　すべての計器が止まったその時、霧の中から一機の古いモスキートが！　傑作中編集。

角川文庫海外作品

スパイキッズ
ロバート・ロドリゲス＝脚本　小島由記子＝編訳
誘拐された両親は国際スパイだった⁉　奇想天外な道具を使って、姉弟が救出に向かう！　ロバート・ロドリゲス監督の傑作をノベライズ化！

悲劇はクリスマスのあとに(上)(下)
ノーラ・ロバーツ　中谷ハルナ＝訳
オークションで手に入れた一枚の絵をめぐり、国際的密輸組織に命を狙われるドーラ。人気女流ベストセラー作家のミステリー・ロマンスの傑作。

ひとたび人を殺さば
ルース・レンデル　深町眞理子＝訳
ロンドンの墓地で若い娘の死体が発見された。名前は偽名で聞き込みを重ねても身元が割れない。二転、三転、捜査は意外な結末へ。

わが目の悪魔
ルース・レンデル　深町眞理子＝訳
孤独な日常の中でマネキンの首を絞めることをたのしむアーサー。しかし、同姓の別人宛の手紙を誤って開封してから全てが狂いだした……。

ロウフィールド館の惨劇
ルース・レンデル　小尾芙佐＝訳
ユーニスは怯えていた。自分の秘密が暴露されることを。遂にその秘密が暴かれたとき、全ての歯車が惨劇に向けて回転を始めた！

権力《パワー》に翻弄されないための48の法則(上)
ロバート・グリーン　ユースト・エルファーズ　鈴木主税＝訳
人生に勝ち残った者、敗れ去った者の実際の言動が盛り込まれている、権力に翻弄されずに生きるためのガイド。1〜26の法則を収録。

権力《パワー》に翻弄されないための48の法則(下)
ロバート・グリーン　ユースト・エルファーズ　鈴木主税＝訳
努力がなぜ評価につながらないのか？　それは「法則」に背いているからなのだ！　勝ち組に残るための人生の必読書。27〜48の法則を収録。